我與你的未完成

I did not finish with you

煙波——著

為的是，
能走進你的世界。

出・版・緣・起

三百六十度全媒體出版

城邦原創創辦人　何飛鵬

當數位變革浪潮風起雲湧之際，做為一個紙本出版人，我就開始預想會不會有數位原生內容出版社出現？如果會的話，數位原生出版會以什麼樣貌出現？而我又將如何面對這種數位原生出版行為？

就在這個時候，我看到了大陸的起點網，這個線上創作平台，聚集了無數的寫手，形成數量龐大的創作內容，無數的素人作家在此找到了夢許之地，也成就了一個創作與閱讀的交流平台，而手機付費閱讀的習慣養成，更讓起點網成為全世界獨一無二、有生意模式的創作閱讀平台。

基於這樣的想像，我們決定在繁體中文世界打造另一個線上創作平台，這就是POPO原創網誕生的背景。

做為一個後進者，再加上我們源自紙本出版工作者，因此我們在POPO上增加了許多的新功能，除了必備的創作機制之外，專業編輯的協助必不可少，因此我們保留了實體出版的編輯角色，讓有心成為專業作家的人，能夠得到編輯的協助，我們會觀察寫作者的內容、進度，選擇有潛力的創作者，給予意見，並在正式收費出版之前，進行最終的包裝，並適當的加入行銷概念，讓讀者能快速認識作者與作品。

這就是ＰＯＰＯ原創平台，一個集全素人創作、編輯、公開發行、閱讀、收費與互動的一條龍全數位的價值鏈。

經過這些年的實驗之後，ＰＯＰＯ已成功的培養出一些線上原創作者，也擁有部分對新生事物好奇的讀者，不過我們也看到其中的不足—我們並未提供紙本出版服務。

真實世界中，仍有許多作家用紙寫作，還有更多讀者習慣紙本閱讀，如果我們只提供線上服務，似乎仍有缺憾。

爲此我們決定拼上最後一塊全媒體出版的拼圖，爲創作者再提供紙本出版的服務，讓所有在線上創作的作家、作品，有機會用紙本媒介與讀者溝通，這是ＰＯＰＯ原創紙本出版品的由來。

如果說線上創作是無門檻的出版行爲，而紙本則有門檻的限制，線上世界寫作只要有心，就能上網、就可露出，就有人會閱讀，沒有印刷成本的門檻限制。可是回到紙本，門檻限制依舊在。因此，我們會針對ＰＯＰＯ原創網上適合紙本出版的作品，提供紙本出版的服務，我們無法讓所有線上作品都有線下紙本出版品，但我們開啓一種可能，也讓ＰＯＰＯ原創網完成了「三百六十度全媒體出版」的完整產業及閱讀鏈。

不過我們的紙本出版服務，與線下出版社仍有不同，我們提供了不同規格的紙本出版服務：（一）符合紙本出版規格的大眾出版品，門檻在三千本以上。（二）印刷規格在五百到二千本之間的試驗型出版品。（三）五百本以下，少量的限量出版品。

我們的宗旨是：「替作者圓夢，替讀者服務」，在作者與讀者之間搭起一座無障礙橋梁。

我們的信念是：「一日出版人，終生出版人」、「內容永有、書本不死、只是轉型、只是改變」。

我們更相信：知識是改變一個人、一個組織、一個社會、一個國家的起點。讓想像實現、讓創意露出、讓經驗傳承、讓知識留存。我手寫我思，我手寫我見，我手寫我知，我手寫我創，變成一本本的書，這是人類持續向前的動力。

我們永遠是「讀書花園的園丁」，不論實體或虛擬、線上或線下、紙本或數位，我們永遠在，城邦、POPO原創永遠是閱讀世界的一顆螺絲釘。

目錄

出版緣起 三百六十度全媒體出版／003

第一章／009
那年許下諾言的我們，
經常不明白這些話在生命裡會有多重。

第二章／069
也許世界上真的有緣份，
但這也是註定我們不能在一起的原因。

第三章／123
其實，我也不過就是圖個不後悔而已。

第四章／179
我見過了你，生命中就再也容不下別人。

第五章／227
只要跟對的人在一起，歲月靜好，也許並不是一場幻覺。

番外一／259
留在妳身邊

番外二／269
妳點亮了我的生命

後記／277
因為自私，所以真實

第一章

那年許下諾言的我們，經常不明白這些話在生命裡會有多重。

認識謝永明的時候，我才十五歲。

他是班上的轉學生，在苦悶的國中生活裡，轉學生都是亮眼的，或許跟他長得很好看有關係，但我覺得他眼睛裡頭那種蔑視旁人的溫度，反而更引人矚目。

他長得好看自是不用多說，眼裡的冷淡也不用再多提，只是這兩點加在一起，就突顯出特別中的特別。

那個時代的女生算是保守，但還是抗拒不了這種少見的美男子，幾個好奇心特別強的，一到下課時間就忍不住上前攀談了。不過也有不少人抱持著觀望的態度，包括我。在看了三堂下課之後，我認爲再繼續注意下去，只是浪費時間，有這時間還不如拿來做題目。

三天後，我就明白了這是一個很重要的決定。

雖然轉學生態度冷漠，但每堂下課仍然還是有不少女生圍著他打轉，當我還在想他什麼時候會耐心盡失時，謝永明已經讓所有人都鎩羽而歸了。

因爲，他走到我面前，問：「昨天的生物作業是什麼？」

他臉上一派自然，彷彿我們已經認識多年，彷彿他上一秒並沒有完殺班上的少女們一樣。

那一瞬間我眞不知道應該擺出什麼表情，我強忍住心中的詫異，勉強控制住臉部神經，只是自然的從抽屜裡拿出了課本，翻開便利貼貼著的那一頁，回答：「自修一百三十五頁到一百四十頁，還有考卷兩張，下週交。」

那時我們國三，也就是現在的九年級，正準備要考高中。

他應了一聲，然後說：「我是謝永明，感謝永遠明亮的謝永明。」

我眨了眨眼睛，他幹麼又做一次自我介紹？

他站起身，用高出我半顆頭的身高，居高臨下的看著我，而我該死的身高在國小六年級後就不曾長進。

「我是于文斐，文采斐然的文斐。」我看著他，注意到他有一雙單眼皮，眼睛很亮很亮。

謝永明點點頭，「很好的名字。」

他轉身就要走，我喊住了他。

「爲什麼問我？」

我自然不會往臉上貼金，只是問個作業就認爲他對我有意思，但我很好奇，班上有這麼多人可以回答他，而且我想他也是理解自己長相優勢的，只要他願意，說不定連解答都會有人奉上。

他依然是一副淡漠的表情，「因爲妳只看了我一眼。」

不，我看了你好幾眼，就在你不停的讓班上同學帶著受傷表情轉身離開的時候，你說話的音量總是能不大不小的傳入我耳中，「不知道、沒興趣、不要」你的那三句台詞，我聽到都會背了。

「那你爲什麼還要再自我介紹一次？」我又問。

「顯得愼重其事。」他說。

打鐘了，我們不再多說些什麼，各自回到座位上。他身邊依然清淨，不過我的身邊就開始大爆炸了。

同學們大抵都是追問我跟謝永明是什麼關係，以及抱怨我們認識爲何不早說。

那天，是我們第一次說話。

他來了之後，我平靜的國三生活起了點變化。

那變化在於，謝永明在一週後的模擬考中，拿了校排第一，而那本來應該是我的位子。班上同學完全忘了當初是多想要從我嘴裡問出謝永明的八卦，所有人這時候全都風向一致的採取「哇哈哈，那個萬年第一終於換人拿了！」這種看好戲的心態，來看待我跟謝永明的鬥爭。

我有點不服氣，沒想到只錯一題，就落到校排第二了。

發考卷的時候，導師臉上的笑容我到現在都還記得，她很討人厭的說：「這次沒關係，下次注意一點就好。」

……好個頭！

「謝謝老師。」我這輩子第一次體會了什麼叫做差點把牙咬碎的心情，接著謝永明從我身邊走過，從老師手中接過成績單。

老師不免也要誇獎他幾句，我回到位子上的時候，剛好看見他面無表情的跟老師微微鞠躬，轉身回到自己的座位。

我們四目相交，又一起別過眼。

我憤恨的從抽屜裡拿出評量開始做題目。通常發成績單的這堂課，老師不太會逼迫我們念書，會讓大家去外頭活動，我也會去操場走走，或者躲在樹蔭下看男生打球。

但這次的模擬考真的讓我覺得太屈辱，所以不管誰叫我，我都不肯出去，堅持要在教室裡做題目。

說實話，我也不是一定要拿校排第一，但總有種到嘴的鴨子飛了的不甘心感。

「喂，妳幹麼不出去？」

我讓這聲音嚇得差點跳起來，回頭一看，是他。

我沒好氣的回答：「拜你所賜。」

他走到我前頭的位子坐下，翹著長腿，瞥了一眼我的評量。

我繼續低下頭寫題目，剛剛那題數學我只解了一半。

「我跟妳不一樣，我不能輸。」他忽然開口。

「你不能輸，我就喜歡輸嗎？」我嚷嚷道。

「不是喜不喜歡的問題，是『我不能』。」他鄭重強調的口氣，引得我抬起臉看他。

四月的陽光斜斜的灑入教室裡頭，照在他帶著點倔強的面容上，刀削似的下顎讓點點光暈襯托的特別明顯。

我偏偏頭，不是很明白他的意思。

「你媽會揍你？」不得其解，我只好推敲原因。

「我媽從來不揍我。」他抬抬嘴角，像笑卻又不是笑，接著站起身，好像想結束我們之間的對話，「我要去外頭曬太陽。」

「喂，你別走，把話說清楚！」我放下筆，也跟著站起來，「哪有人話說一半的？不能輸是什麼意思？」

「字面上的意思。」他又擺出了那副倨傲的神情，卻忽然天外飛來一筆的問：「妳的臉不痛嗎？」

「啊？」

「牙都咬碎了，能不痛嗎？妳要輸我的機會還很多，別一次就碎光了，緩著點。」

說完這些話，他瀟灑離去。

我發誓，要不是我手上的原子筆是新買的，肯定拿來丟他！

爲了他這句話，我特地把桌曆從抽屜的深處翻出來，仔細計算距離下次考試的天數，我該怎麼安排進度，才足夠把所有考試內容都讀過三回？

第一次這麼努力準備，還眞的不如想像中簡單，原來這就是傳說中的「想像很豐滿，但現實卻很骨感」。雖然很想多念一點，但我還是得睡覺啊！

這樣說雖然有些自滿，但我知道自己的頭腦不錯，至少讀書對我來說不是一件太困難的事情，所以就算要考高中了，我還是持續的上鋼琴課；雖然練琴的時間少了一點，但一天也總還有個半小時到一小時。

讀書就權當休閒吧，我一直都是這麼想的，直到謝永明暴力的闖進我的生活。

「文斐，十一點了，妳今天都還沒休息，去彈個琴吧？」媽媽端著一杯熱牛奶，走進我的房裡。「難得看妳這麼用功，最近功課有什麼問題嗎？」

我搖搖頭，放下筆，「有問題的不是功課。」

我簡單的把謝永明介紹了一次，當然也順便把他留下的那句話說了。

媽媽才聽了一半就笑個不停，聽完後只伸手摸摸我的頭，「人生重要的不只有成績而已，不過既然妳這麼有鬥志，就比一比吧。別太累，量力而爲就好。」

話說完，她把牛奶放在桌上，叮嚀我不要太晚睡，正要走出房門時又回頭說：「下週末謝伯伯家有個飯局，妳也一起來吧？」

「哦。」

謝伯伯是我們家的大客戶。

簡單的說，我們家是做皮革的，謝伯伯家裡是鞋廠，所以會定期跟我們進貨。聽爸爸說，謝伯伯是個很有遠見的人，早知道國內景氣不佳，所以將生產線分成兩條，一條走高價位路線，另一條則是走平價路線。雖然經濟不景氣，不過人總是要衣衫。

我是不太明白這個策略到底有沒有用，不過我還是維持著跟以前一樣的生活，估計我們家也是沾了謝伯伯的光，所以也不太受景氣影響吧。

謝伯伯一個月總有一、兩次會請大家吃飯，有時是在餐廳，有時候則是在他家裡。和餐廳比起來，我更喜歡在他家吃飯。

他們家有個廚子，燒出來的菜色不但多樣，而且非常好吃，外頭餐廳都吃不到那個味道，所以只要飯局是辦在他們家裡，媽媽就會帶我一起去。

「至少要穿個小洋裝。」媽媽最後叮囑我。

「知道了。」

媽媽帶上門，房間又回歸一片安靜，我試著想要多讀點書，卻忍不住帶著一點怨念心想，平常這時間我早就在彈琴了。

靠上椅背，我慢慢的喝了那杯牛奶。

腦子裡頭除了一大堆數學公式跟化學結構式之外，還跑過了英文課文跟國文課要背的詩，最後留在我腦中的卻是謝永明說的那三個字——

「不能輸。」

爲什麼他不能輸？

◆

我不曾想過我們會在這種場景下碰面。

謝永明原來是謝伯伯的兒子？

仔細端詳兩人的眉眼，還眞有一點神似，只不過我們家跟謝伯伯家來往了這麼多年，爲什麼我從來沒見過他？

而且，謝永明跟謝伯伯之間的生疏，就連我都看得出來，我甚至覺得我跟謝伯伯還更熟悉一些。

至少謝伯伯喊我名字的時候，我能笑著應聲，不像謝永明一樣，老是擺著一張平靜無波的臉。

我環顧四周，所有人似乎都不覺得謝伯伯多了這麼一個憑空冒出來的兒子有什麼不對勁，大家依舊談笑風生，想來這之中必然有些隱情。

我帶著探問的眼神看向他。

他撇開頭，一臉荒謬。這是我今天除了平靜無波之外，在他臉上看見的第二種表情。

他彷彿認爲這一切都很荒唐一樣。

包括他爸爸和眼前的這些政商名人，以及我。

喂……我才應該覺得荒唐吧?!

上菜之前，大人們正在大聊政治。在這種時候，我總會溜到謝伯伯的家門外，那裡有個小鞦韆，我會在那邊坐坐打發時間，等到出菜的時候，媽媽會出來喊我。

當然，我是很想去找謝永明問個清楚，不過眼下不是個好時機，這裡人多口雜，他就算有心想說，也未必會告訴我。

這是我從小就領悟到的事情，只要在人多的場合，爸媽通常不會告訴我實話，等到事後他們才會再跟我解釋一番。所以就算我現在去找謝永明問，看他那副冷漠的模樣，我可不覺得他會像我爸媽一樣，等人潮散去後再向我說個明白。

既然如此，也沒有什麼非得找他的原因了。

「妳爲什麼會在這裡？」

我不找他，不代表他不會來找我。

「這是我要問你的吧？」我抬起眼，看著他從花園的小門走來，停在我面前。

我們相視幾秒，他才開口：「這是我爸家。」

這說法挺新穎的，你爸家，但不是你家？

我挑眉看著他，等著他的下文。

他讓我看得有些尷尬，又別過臉再問了一遍：「妳爲什麼在這裡？」

「我來吃飯，你……」我頓了一瞬，決定採用他的說法，「你爸家的廚子燒得菜很好吃。」

他很詫異的轉過頭看我，「就這樣？」

我聳聳肩，「不然我還要有什麼理由？」

他的眼神在我臉上轉著，彷彿想要知道我說的是不是實話，實在讓他打量的太不舒服，我只好盪起鞦韆迴避他的視線。

「謝永明，雖然你回答了答案，但是我還是不知道你爲什麼會出現在這裡，不過既然你不說，那我就不問了。」隨著鞦韆的擺盪，他的面容忽遠忽近，使得我看不太清楚他的神情。

幾秒鐘後，他邁開步伐走到我身後，輕輕的幫我推著鞦韆。

這下換我驚訝了，我微微側身，卻看見他的眼眸裡有一些我看不太懂的東西，他啟口：

「謝謝。」

謝謝？謝什麼？

許多年之後，我才明白，他謝的是我的不追問，替他留下了在那時僅存不多的尊嚴。

吃完飯回到家裡，我忍不住問了謝永明的事情，爸媽的臉上都有些尷尬，才解釋謝永明其實是謝伯伯的私生子，今年他媽媽過世了，才搬回來跟謝伯伯住。

我總算把事情的前因後果都串連在一起了，這就是爲什麼我之前從來沒見過他，他也不承認這是他家的原因。

我不清楚對這件事情應該要有什麼看法，雖然我和謝永明交情沒有多好，但至少我們是同學，而且說眞的，他對我並不算不友善，只是講話狠了點，但也沒有惡意。

糾結了一晚上，我決定把這件事情當成一個秘密。

對所有人都假裝不知道，包括他。

到了學校，我一如往常的上課跟做題目，卻感覺到謝永明經常用一種若有所思的神情看著我。

我知道他很介意，但老是讓人盯著，背後難免覺得一陣冷颼颼，像是我哪裡得罪了他一樣。

更糟糕的是，在他這麼熱切的關心下，班上開始有些流言蜚語了。

他能夠不當一回事，我一點也不意外，他那三句金言，我光用想的腦子裡就能出現他的聲音，不過我懷疑他根本就不知道這些流言。

我就不相信照他那種完全不跟同學交流，滿臉要大家閃遠點的表情，還能讓流言有機會傳進他耳裡。

但能量不滅定律這道理是個妥妥的眞知，於是所有在謝永明那邊得不到出口的能量，便全都湧到我身邊來了。

連續一個星期，每天都有人在我耳邊說：「欸，謝永明又在看妳了！」

一開始我還能不以爲意，但是一週之後我就有點不耐煩了。

尤其這陣子又遇上段考，我書都念不完了，這些人有時間不做題目，還一直拿這些無中生有的事情來煩我。

看來，想要一勞永逸的解決，唯一的方法就是從源頭下手。

你別再看我了，你擔心的事情，我不會說出去的。

我在他的課本裡夾了這一張紙條。

還以爲可以就這樣塵埃落定，沒想到他居然在下課時走到我桌邊，老師前腳剛走，他就一把抓住我的手腕，把我揪了出去。

痛是不痛，就是有點錯愕，而且我想，等到明天，不，三分鐘後，我們的事就會如同病毒一樣在班上擴散，我現在只希望同學們可以留點口德，別讓老師打電話回家給我媽……

我讓謝永明拉到一處狹小走道，想都不用想，我們身後一定跟著一群畏畏縮縮，又八卦心爆表的同學。

謝永明也注意到了。

只是，他讓這八卦加上了更具爆炸性的進展。

他兩手一左一右的將我侷限在牆壁與他之間，咬著牙低聲問道：「妳知道了什麼？」

想當然，他如此細聲，自然必須離我非常、非常的近。

我完全可以感受到他的怒氣，但也同時感受到了那群奔逃而去、嗷嗷亂叫的少女心啊！

我完蛋了……

這麼要命的畫面，偏偏眼前的肇事者沒有半點闖禍的自覺，我沒好氣的推了他一把，卻驚訝於我們的力氣差距竟然如此之大。

謝永明那麼瘦的身板，我居然推不太動，他只是微微的退了點，但雙手依舊固執的禁錮在我身側，爲了保持最後的安全距離，我的一雙手搭在他胸口，結果反而讓整個景象更加曖昧難辨。

這下好了，我們就算一起跳到黃河都洗不清了。

我悻悻然的放手，怒視著他，從齒縫間擠出話：「你是白痴嗎？那種場景難道我還猜不出來？如果我猜不出來，不會問嗎？」

他眼底的怒氣逐漸隱去，一雙眼睛仍然緊緊地盯著我。

我們對視了一會兒，見他不說話，我只好再度開口。

「你不告訴我，我就不能問別人嗎？」我低聲的說。

都到了這個時候我還想著要保全他的自尊跟隱私，我覺得他眞應該要感謝我才對，而不是把我壓在牆上。

「妳沒有跟任何人說？」他再次欺近，鼻息急促而強烈的噴在我臉上，實在受不了這種近距離的壓迫感，我咬著下唇，撇過頭去，而那股溫熱的氣息就順勢灑落在我的頸側。此時，我眼角的餘光瞄到了我那一票同學們的身影。

我絕望的閉上眼睛。

前有狼後有虎，我真應該少點良心，把事情都說清楚才對。

念資優班就只有這好處，同學就算不是高智商，也沒幾個傻瓜，像這樣百年難得一見的場景，傻子才去叫老師，反正人還沒死，都不算大事。

我瞪了他們一眼，竟然還有人笑咪咪的對我回禮。

都是謝永明害的！

我氣得猛然回身推了他一把，謝永明大約沒有料想到我會有這個舉動，猝不及防，讓我推得撞在對面的牆上。

連我自己都沒想到能推開他，在用力過猛的情形下，他一退開，我的重心跟著失衡，整個人直直的往他身上栽，他躲無可躲，只能張手接住我。

你知道時間突然靜止是什麼感覺嗎？

就是現在這種感覺！

我連呼吸都忘了，耳邊卻能聽見他的心跳，還有他的體溫透過薄薄的制服傳到我的臉上。

我下意識的抬頭看他，卻與他的眼神對在一起，我們怔愣一瞬，同時向後退開，但這麼狹小的通道，平時也只能容納兩個人側身而過，再怎麼退，我們的距離也不過容髮之間。

「我不知道、誰也沒說，再、再煩我，你就死定了！」我驚慌的語法大亂，匆匆忙忙扔下這句話就落荒而逃。事後回想起來，只覺得想死，這種句子的組合方式，鬼才聽得懂。

回到教室裡，我坐在位子上，摸著自己的臉頰，剛剛的溫熱還留在臉上，心臟在胸腔裡劇烈的跳著，除了運動之外，我從來沒有過這種感覺。

嗯……這好像不太科學吧？

我拿起手錶測試每分鐘心跳數。

哇靠，一百三十五下？是不是應該送急診了啊?!

過沒多久，上課鐘響，老師走了進來。

說也奇怪，這件事明明就不是我的錯，但是不知道爲什麼我卻有些心虛，好像做了壞事一樣，總覺得下一秒就會被老師叫到辦公室去。

果然一下課，老師就把我跟謝永明叫走了。

我們倆並肩站在老師面前，他看著我們欲言又止，我心裡的命運交響曲都唱到一半了，他還沒有要說話的打算。他不說，我心裡的曲目也只能繼續唱下去。突然間，老師開口了。

「嗯，老師知道你們都是好學生……」完美起手式，老師罵人之前大概都喜歡先認同學生一下，表示你們只是一時行差踏錯，老師可以理解之類的。

「剛剛有同學來說，你們之間是不是有什麼……」老師頓了頓，「糾紛？」

我暗暗在心裡猛點頭，老師你這詞用的太精確了，沒錯，就是糾紛啊！資優班的老師果然也特別資優，眞不簡單啊！

我忍不住在心中讚嘆，但表面上還是端出一副好學生「前」校排第一的規距模樣，「我們之間只是有點誤會，說開就沒事了。」

不用看老師的臉也知道他不相信，不過看在我優秀多年的份上，他也不敢多敲打什麼，「快要考基測了，有什麼事情，考完我們再一起解決好嗎？現在要先專心唸書，你們的成績都特別好，不要因爲一些小事，影響了考試結果。」

我淺淺微笑，「好的，謝謝老師。」

從頭到尾，罪魁禍首謝永明連一聲都沒吭，老師見我倆很有乖乖認罪的意味，大手一揮，就讓我們離開了辦公室。

走出辦公室，我仰頭看了看湛藍的天，心想這時間回去，教室都沒飯吃了。

「走吧，請妳吃飯。」他突然開口，我斜睨他一眼，只見他雙手插在褲袋裡，頎長的身形還眞是有那麼一點帥氣逼人。

我往前走了幾步，他跟在我身後，直到離開了教師辦公室的走廊，我才回身，雙眼直直的盯著他。

「我們才剛因爲『糾紛』被老師約談，你覺得適合一起吃飯嗎？」我邊走邊問。

他不答，卻說：「我倒是沒想到妳口風這麼緊。」

我哼了一聲，轉過身子，「所以你是該請我吃飯沒錯。」

「妳眞奇怪。其實這不關妳的事。」

我回頭瞪了他一眼，這人有病，我千辛萬苦替他守住秘密，竟然說我怪。「不怪你，歷史上聰明的人多半被當成怪人。」

他忽然笑出聲，換了個話題，「說眞的，沒想到妳這個資優生唬弄老師也滿有一套的。」

我笑了笑，「這是學生必備的生存法則。」

「說得好。」他稱讚道，扯了我一把，用拇指比比另外一頭，「走啦，去福利社，難道妳想餓死嗎？」

我無辜的看著他，「我身上沒錢，大爺請吃飯有包飲料跟點心的嗎？」

他面無表情的看著我幾秒，忍不住笑了出來。

「都算我的。」

雖然說一笑抿恩仇，但是我們之間的戰鬥還沒結束，從我敗陣下來的那次模擬考一直到基測之前，總計還有兩次段考和兩次模擬考。

我從未這麼認眞的準備考試，但最後的戰績結果卻是我們同名三次，我落敗一次。

把最初的那次成績也算進去的話，整體看來還是我輸了。

「于文斐，妳有必要爲了這麼點小事情沮喪嗎？」

那次替他瞞過班上同學跟老師之後，我們就像是保有共同秘密的奇怪組織一樣。謝永明一向警戒心重，對人也多有防備，我甚至能清楚的感覺到他似乎正等著我把他的秘密說出去。

我也懶得跟他多說什麼。

事實上，這件事根本和我無關，我能替他守下秘密，一樣也能在轉眼間把這事情扔到身後去。

不過，我還是使了一點小心眼，沒有對他承諾絕對不會告訴任何人，爲的就是希望他將注意力放在這件事上，每次考試都滑鐵盧。

誰知道……

「別煩我，你走開。」我趴在桌上，奄奄一息。

這人一定不知道，我的目標就是集滿整年度的校排第一名，要不是他出現的話，這對我來說簡直如同囊中取物。

「脾氣這麼大？」

謝永明在我對面坐下，班上同學早就出去外頭透氣了，連那些沒打算出去的也讓人拎出去了。此刻，教室裡除了我們沒有別人，平常原本像是啞巴的謝永明，這時卻忽然恢復了正常說話的機能。

我眞不知道他這是什麼病，就算同學都在，也沒必要裝啞巴吧？

窗外還有幾個偷看的同學，也讓謝永明冷淡的目光給趕跑了。

不消說，之前的那幕戲，在班上已經成了羅密歐與朱麗葉般的淒美愛情故事。爲了幫他守住祕密，我沒辦法說清楚，但謝永明則是一點都不打算解釋，連老師也裝死的很徹底，於是這齣戲串連起來就成了——

轉學生謝永明打敗了永遠的全校第一名，兩人正愛得如火如荼。

你媽的如火如荼！

他伸手拍了拍我的頭頂，「不是讓妳緩著點，有妳輸的時候嗎？」

我氣極，撥開他的手，「走開，有多遠滾多遠！」

「于文斐，妳知道我不能輸的原因，還跟我發脾氣？」謝永明口氣十分平穩的安撫我，好像是我在無理取鬧一樣。

聽他這樣說，我總算抬起臉正眼看著他。

「我知道算我倒楣，不能發你脾氣，又能怎麼辦？難道知道原因就應該忍氣吞聲嗎？」我恨恨地盯著他。

他無可奈何地攤手，「好好好，妳現在脾氣大，我不跟妳吵。不過我現在要去吃冰棒了，妳要吃嗎？我請客。」

我眨了眨眼睛，在這兩者之間權衡了一下，「……要。」

「還不一起來？」他斜睨我一眼。

我對他做了個鬼臉，吐吐舌。「其實我沒生氣，只是不甘心，你說我怎麼就沒有滿分呢？」

「我知道。」他應，「至於爲什麼沒滿分，怪妳自己吧，題目這麼簡單，妳是不是沒帶腦子出門？」

他說完便逕自往前走。

「你一天不嗆我就渾身不舒坦是吧？」我暴跳起來，追著他離開教室。

謝永明放慢腳步，我很快就追上了他。

我們並肩走進福利社。

福利社阿姨見到我們進來，只掀了掀眼，又轉頭回去看她的電視。

天氣已入暑，這幾天更是熱的厲害，我看著冰櫃裡一枝枝色彩鮮艷的冰棒，嚥了口口水。

「謝永明，你身上有多少錢？」

「妳要買多少？」他聲音從我頭頂上方傳來。

我豎起三根手指，他隨即扳下了兩根。

「小氣鬼。」

「不是錢的問題。」他瞪我，「妳都不怕吃壞肚子？要考試了，注意點。」

「我腸胃很好。」我扁扁嘴，早知道就自己帶錢，現在也不用仰人鼻息。

「見識過妳的胃口，眞是嚇傻我了。」他不疾不徐的說：「一個便當、一杯飲料、一個布丁，還能加上一份水果，這樣還要外帶一份零食？」

他上下打量我，「妳都吃到哪裡去了？」

我聳聳肩，「天生麗質，你不能怪我。」

「總之，只能吃一枝，女生吃這麼多冰做什麼？」

「男生就可以？」我不服氣了，「這是歧視。」

「我就是歧視，我就是沒有生理期，妳打算如何？」他淡淡地回道。

我瞪大眼睛，「你……說得還眞直接……」

他冷冷地掃了我一眼，「拿吧，兩枝。」

「咦？不是說一枝的嗎？」

「我的那枝妳替我選。」

我笑嘻嘻地抬起頭，「那能不能也替你吃一口啊？」

「不然幹麼叫妳選？」

我笑了出來，「你真的沒有想吃的嗎？那我不客氣了啊！」

他沒吭聲，只是徐步踱開。

我與高采烈的挑了兩枝冰棒，謝永明瞥了我一眼，接手拿給福利社阿姨結帳。

阿姨這下總算才正眼看我們：「談戀愛啊？」

我跟謝永明表情一僵，在阿姨的碎唸聲中走出了福利社。

我壓根沒想要對這件事情發表任何感想，和他熟門熟路的拐到了校園死角，逼著謝永明拆開他手上的冰棒之後，滿足地咬了一口，「嗯，謝啦。」

這個角落沒有監視器，非常鄰近高中部的校區，我們要是真有什麼話想說，就會溜來這邊，除了可以躲避同學的目光，也能讓有病的謝永明恢復正常說話機能。

「一口就夠了？」他揚眉問道。

「嗯啊。」我頷首，嚥下自己的冰，「你的不好吃。」

「妳挑的還嫌？」他似笑非笑。

「那當然，又不是我做的。」

「妳有沒有羞恥心？」

我聳聳肩，「那東西我收在家裡了。」

謝永明先是一愣，隨即爆笑起來，我有些莫名其妙的看著他，等他笑聲停止後才說：「你今天笑點眞低。」

「于文斐，我以爲妳是個才女資優生，沒想到骨子裡卻是個無賴。」

我咬下最後一口冰，意猶未盡的舔了舔木棒。

「我不是無賴，只是比較實際。」我把手撐在身後看著他，「有些東西有堅持的必要，有些則不必。」

謝永明挑眉點頭，笑著反問：「例如校排第一？」

「你還眞是哪壺不開提哪壺。」

但人生最悲情的事情莫過於馬下失足，考前失利。

詳細情形我就不多說了，其實也沒什麼好說的，考試那幾天實在熱的可以，我多吃了一點冰，大概是店家不衛生，一不小心鬧了個食物中毒，第一天考完就送醫院了。

我是覺得無所謂，反正還有第二次基測，我對自己的實力心知肚明，早就知道我能考上哪裡。

不過學校老師可就緊張了，光看他們的臉色，我都覺得我像是得了白血病一樣。

另外一個臉色鐵青到不行的人則是謝永明。

要不是我家人都在，他大概會直接破口大罵，只可惜我就是溫室裡的花朵，爸媽疼得很，這次沒考到試，他們居然問我要不要直升高中部，連下次考試都免了。

他們說這話的時候校長也在，他立馬開口允諾要是我願意直升，可以不用考入學考，直接分入數理資優班。

我看了看老爸，眞心覺得他實在是太沒道德了。人家是好好的學者，我爸這商人怎麼可以如此不顧實力差距，惡狠狠的坑了下去？雖然以我的成績是應該分入數理資優班沒錯。

我躺在床上什麼話也沒說，我媽打了圓場說要等出院以後再想想，不過我知道她是支持這個方法的。

「妳又知道了？」

出了院後，我懶得回學校上課，又請了一星期的病假，都要考試了還這樣請假，根本就是不想玩了，但是校長巴不得我能直升，所以我也毫無阻礙的樂個悠閒。

我叉了塊水果，看著面前穿著制服的謝永明，「我媽要是不支持，我現在怎麼會在家？」

「所以妳眞的想要直升？」他目光灼灼，直盯著我瞧。

我聳聳肩，避開他的視線，「我爸覺得直升比去外頭好，就算是第一志願，也比不上這裡的人脈；我媽認爲人生不是比學校程度，而是比自己的實力……」

話還沒說完，就被謝永明打斷，「那妳到底怎麼想？」

我斜了他一眼，「我正要說呢。」

「說。」

「我認爲，去哪裡讀書還不是都一樣？這裡離我家近，資源不但豐富，學校環境我也熟悉，第一志願不過聽起來好聽，進去後說不定也就只是那樣而已。」我往後靠，看了他一眼，「所以沒有意外的話，我就是直升了。」

他沉默了一會兒，接著說：「不跟我一拼高下了？」

我笑笑，「拼，這不還有第二次基測嗎？我們一次定勝負，輸的人請吃飯。」

謝永明輕笑，「好啊，妳要是贏了，我請妳吃飯。」

「同分也得算我贏。」我豎起手指比了比自己，「我現在可是敗部復活的弱勢族群。」

謝永明笑了幾聲，「可以。」

「奇怪，我覺得你人不錯啊，幹麼這麼排斥其他人，你是不是有病啊？」

他站起身，居高臨下俯視著我，不知道是不是因為我坐著的關係，從這個角度看上去，總覺得他好像又高了一些。

「我不喜歡跟想八卦的人說話。」

他表情轉為嚴肅，我忽然聯想到了他的身世，這可憐的小傢伙。

「我要走了。」

「哦。」我回頭看著他往門口走去，「我體虛就不送了，你慢走啊。」

這次的約定，我一直當成是最後一次。

畢竟依照謝永明的成績，他肯定穩上第一志願，而且他個性謹慎，又這麼不想輸，不太可能跟我一樣愚蠢的在考前食物中毒，只要他可以穩定發揮，沒有滿分都算失常。

第二次考試當天，我們兩人都是一派輕鬆，上次成績公布時，他毫無意外的已經是第一志願，我那次雖然沒有完全發揮實力，不過去處已經落定，所以也不覺得有什麼好緊張的。

於是我們就像是陪考生一樣晃來晃去，一邊滿臉笑意的吸著考生們的仇恨，一邊好整以暇的幫同學解題，當然是我解題，他在旁邊看。

時間一到，我們倆跟大家一起進入考場，旁邊同學則是鐵青著一張臉，感嘆自己生不逢時，那人表示，跟我們同一屆真是倒楣，第一志願硬生生的就是少了兩個名額。

我本來想跟他說，就算沒有我們兩個，他要考第一志願也很拼；但想想同班三年，還是不要這麼狠心，別在緊要關頭給人最後一擊，於是我拍拍他的肩膀，安慰道：「別擔心，你可以的。」

那人與高采烈的走了。

然後謝永明也拍拍我的肩膀，一臉理解的對我點了點頭。

從他的表情裡，我看出了他的意思：「善意的謊言終究是謊言，那位同學是考不上的。」

這惡意害我一時沒忍住笑了出來，引來監考老師關注的眼神，她八成是沒見過這麼輕鬆的應考生，說不定覺得我們倆打算要作弊。

我連忙收斂心神，低頭走到自己的位子坐好。

我們倆在差不多的時間寫完，考前五分鐘一起站起來交了考卷。放下卷子，我往外走，他殿後，我在樓梯前停下腳步，他則是距離我五步之遙。

「如何？」我問。

他走到我身邊，我們並肩下樓，走出樓梯後他才說：「沒什麼難度。」

「我也這麼想。」

考題實在不難，就比誰細心了。

不過這次我還是讓他請了一頓，只因爲我們同分。

要說吃飯，也只是小打小鬧而已，我們倆什麼好吃的東西沒吃過，拿他們家廚子來說吧，隨便那幾道菜都可以贏過一堆餐廳，我們賭的不是飯，是自尊。

飯後，謝永明跟我一起回到學校，我拿成績單到高中部辦完報到手續，跟他說了再見，就回家收拾行李，和媽媽去英國渡假了。

對於本來就安排好的行程，我也沒有什麼想法。飛機起飛之前，我看著航廈，心頭第一次有了一種離別的感覺。

這次回來，班上就沒有會跟我互爭高下，而且還總是會贏我的人了。

想著想著，我不禁覺得有點寂寞，雖然我常常叫謝永明有多遠滾多遠，但是他現在眞的要離開了，我卻有點捨不得。

「怎麼了？」媽媽很敏銳的察覺到我的興致不高。

我想了一會兒，把我對謝永明的感覺說了出來，媽媽笑了笑，「棋逢敵手，妳捨不得也是應該的。」

「是嗎？」

媽媽不再多說什麼，飛機也在這時起飛，耳鳴讓我聽不太清楚周圍的聲音。

謝永明，再見。

到英國的前兩天我都在調時差，也沒有機會使用電腦，整天忙著一連串的活動。阿姨說這時的英國天氣正好，再過兩個月又要開始變冷了。

我只覺得英國料理難吃死了，還好是跟媽媽一起來，還能吃到一點熟悉的家鄉味。

直到開學的前一週我才回到台灣，頭三天我只顧著調時差，之後才開電腦收信。刪掉數十封的廣告信件以後，信箱裡就空無一物了。

我有點失望，同時也感到有點失落，原本以爲會看到謝永明寄來的mail，原來只有我這麼掛念他。這人眞是一點同學情分都不顧，以後也不會再見面了，居然就這樣失了音訊。

我關掉電腦，索然無味的躺上床。

台灣好熱。

◆

到了開學那天，我穿著國中制服，到了學校，走進教室一看，已經有一些同學坐在裡面了，多半是生面孔，但也有幾個同學和我一樣是直升。

我隨便選了窗邊的位子坐下，他們一見到我就上前來跟我打招呼，卻又同時帶著一種古怪的神情看著我，我琢磨了好一會兒，還是不了解他們臉上的表情是什麼意思。

「你們這樣看我做什麼？」

「嗯……安心啊。」

「啊？」

「安心自己跟校排第一名無緣，也就不用搶了。」同學一副豁達的樣子，我怔愣了幾秒才笑出聲來。

「別笑得太早了，第一名就算不是他的，也不一定是妳的。」

一聽到這討人厭的語氣，我笑著叫起來，「謝永明，你怎麼也來了！」

他選了我身後的位子放下書包。

「我不能來嗎？」他反問，我挑眉，幾個同學跟著傻住。

我不禁詫異，這傢伙過了個暑假就把選擇性失語症治癒了？

只是同學對他還是有些生疏，紛紛散開，我樂的回頭直盯著他瞧。

他把頭髮剪了，也長高了，臉上多了點肉。這樣很好，他本來眞的是太瘦了。

「幹麼笑成這副憨樣？」

「我還以為再也不會見到你了。」我很開心，「但是你還在。」

謝永明斜睨了我一眼，「就算不同校，還是可以約出來見面，妳是不是從來沒想過要再找我？」

我看著他，忍俊不禁：「你的口氣聽起來好像被拋棄的可憐小狗啊。」

他一愣，隨即伸手揍了我一下。

我摀著額頭，笑得很高興，「中午我請你吃飯。」

謝永明沒回答，眼神越過我的肩膀，往我背後看去。

順著他的目光，我看見一張從來沒見過的陌生臉孔。

那是個男生，我們正好對上視線，我對他笑了笑，他也微勾唇角回應，但不像是回禮，倒像是挑釁。

「這次的入學測驗中，全校第二名。」謝永明的聲音淡淡地在我耳邊響起，「趙家瑋，順帶一提，他家是客運界的龍頭。」

我睜大眼睛看著他，「不是才開學第一天嗎？你已經把人家的底細都摸清楚了？」

謝永明橫了我一眼，「我跟妳可不一樣。」

我心裡打了個問號，就算如此，那你沒事把人家底細調查清楚做什麼？想必一定是有其他原因。

他不想說，那就算了，我自有辦法可以摸透。他有不能輸的理由，我也沒必要和他爭，論智商，我也不比他差。

我們依舊每天上下課，差別只在於換了新制服，也換了一半的新同學。

高中的課業比起國中明顯重了不少，我跟謝永明唸書的時間變多，嬉鬧的時間隨之減少。加上又是身處數理資優班，才過了開學第一週，我們倆就天天泡圖書館。遇到不會的題目，我們就互相討論，不過通常是我問他數學，他問我國文。我和謝永明還是有各自擅長的科目，剛好能互補，否則死在一起也是挺慘的。

一週過去，我就知道爲什麼謝永明要把趙家瑋的底細摸清了。

換成是我，也會這麼做。

我很少討厭誰，雖然也沒有特別喜歡的朋友，但多半和大家都還能維持著友好的關係。

但這一個禮拜以來，趙家瑋天天跟著我們到圖書館，倒也不是叫他不能來唸書，只是他打量人的眼神實在太過陰鬱，像在腦海中盤算著什麼主意似的，看著他的表情，老是讓我想起動畫《獅子王》裡面的那頭土狼。

幾次與他眼神交會，他不是別過臉，就是低下頭，搞得我也有些神經兮兮、芒刺在背。我拿出小鏡子，立在鉛筆盒前，調整了一個恰巧能看見趙家瑋的角度。

謝永明坐在我身邊，對我的舉動皺起了眉頭。

「妳在做什麼？」他在計算紙上寫道。

我字跡潦草的寫上趙家瑋三個字，沒想到謝永明突然間就把我扯了出去，離開前他還不忘反蓋我的小機關，還算是聰明體貼。

幾個也在圖書館讀書的同學看了我們一眼，尤其是那些曾經同班的同學，立馬放下筆追了出來，似乎想跟著看熱鬧。

我回頭對他們笑笑，舉起另外一隻手，朝他們比了個中指，他們才乖乖的回到自己的位子。

我對此感到非常滿意。

謝永明一路扯著我走到了圖書館旁邊的樹下。

這裡一路種著櫻花樹，三、四月的時候會開花，樹下擺著椅子，是個很好的休息地方，只不過現在是九月底，天氣熱的可以，也沒花可看，我對他挑了這麼個不好談心的地方覺得失望，還不如拉我去吃冰呢。

「妳幹麼觀察趙家瑋？」他開口就直切重點。

「這人有鬼。」我也不迂迴，直接挑明：「沒見過這麼陰暗的人，他分明一直打量著我們，卻又不肯跟我們交談。」

「妳想幹麼？」

我笑出聲，「謝永明，你這是爲誰擔心？」

他也笑了，故意說：「當然是趙家瑋。」

「放心，我還不想幹什麼。」我靠上椅背，「只有他能打量我，難道我不能反偵測？凡事謀定而後動，那也要有情報、資料才能開始策劃。」

謝永明一臉不可思議，沉默了半晌才問：「于文斐，妳到底陰過多少人？」

「別說的好像你一點也不懂一樣。」我笑起來，輕輕推他一把。

這人想跟我裝天眞善良呢。

他露出無可奈何的笑容，「我是身不由己，妳又是爲了什麼？」

我自然知道以他的身份在謝家有多難生存，尤其他上頭還有個大哥，雖說不像那些宅鬥文的劇情一樣誇張，可是他曾對我說過，雖然他在家裡衣食無缺，卻只有謝伯伯是眞心對他好，只要謝伯伯不在，他就被當成陌生人般對待，一整天連話都說不上一句。

我拍拍他的肩，「別想這些不開心的事情了，你倒是說說你對趙家瑋有什麼看法？」

夜風吹過，勾來一陣淺淺的清新花香。

他想了一會兒，說道：「跟妳差不多，但比妳多了一點想法。」

「願聞其詳。」

「妳最好別去惹他。」他瞇起雙眼。

我偏頭等著他的下文。

「這人不太像是正常人，我覺得他的心理狀態可能不太穩定。」

他的感想完全出乎我意料之外，我沉默了一會兒，問道：「欸，你是認眞的？」

「認眞的。」他頷首，「妳要不信，自己去找心理學的書來看，最好針對變態心理學做些研究。」

我失笑，「我才正想問，你沒事讀這種書做什麼？」

「好奇而已。」他聳聳肩，「我一向對這個很有興趣。」

「那你以後要去當精神科醫生嗎？」

他的笑容帶著一點苦澀，「這事情是我說了算嗎？」

也對。

一時之間我也不知道該回些什麼。距離國三也沒有很久，但是有些過去想不懂的事情，好像在升上高中之後，忽然都明白了。

包括謝永明的身不由己，還有自己所擁有的是多麼幸福的家庭。

我爸媽感情好得不得了，就算偶爾吵架，也能很快和好，週末更是常常看見他們手牽著手出門，而他們全部的愛，也全都集中在我的身上。

不像謝永明。

「不如你告訴我，爲什麼會跑來讀這裡吧？」我隨便找了個話題，「我一直以爲你非第一志願不念。」

他轉頭盯著我，「妳是眞的不知道還是在裝死？」

我想了一會兒，搖搖頭，「我是眞的不知道。」

突然間，我感覺到謝永明的雙眼冒出火來。

我乾笑兩聲，「我懂了，因爲我在這裡是吧？謝永明，你老實說，你是不是喜歡我啊？」

他忽地起身，「鬼才喜歡妳。」

咦？

謝永明扔下這句話就走了，我呆了幾秒，追在後頭問：「喂，你這是口是心非，還是在說實話啊？」

「于文斐，妳是沒腦子還是腦子有洞啊？」他停下腳步，冷冷的回應。

我笑著故意撞撞他的手臂，「可是我很高興你也讀這裡啊，你怎麼不說實話呢？」

他靜靜的看著我幾秒，嘆了一口氣，「我現在懂了，妳是沒腦子。」

我愣了一瞬，不服氣的嚷嚷：「我只是誠實而已，你怎麼罵人啊？我們不是好朋友嗎？告你誹謗喔！」

「說出事實跟誹謗是兩回事，妳想清楚了嗎？」他邊走邊回嘴。

哇靠，這人明著是在討論法律，暗著是拐彎捅我一刀啊！

◆

時間就這麼一天一天的過去了。

趙家瑋依然持續用陰沉的眼神打量著我們，班上其他同學也都不太喜歡他，這點倒也不令人意外，不過接著卻發生了一件我想都沒想過的事情。

段考當天，我一如往常到了學校，遠遠地就瞧見班上同學都圍在教室門口。

這不太像要考試的氣氛吧？

我才剛走上前，謝永明隔著一段距離已經看見了我，他朝我走過來，我都還沒開口問，他已經先一手遮住我的雙眼。

「……這是哪一招？」我左右轉著頭想擺脫，卻發現怎麼也甩不開他的手。

他的聲音從我頭上傳來：「別看比較好。」

「什麼啊……」

莫名其妙，忽然衝上來這麼說，誰知道到底是什麼東西啊？

「妳的桌上有死老鼠。」謝永明的聲音依然沒有什麼起伏。

我呆若木雞，他的手仍舊覆在我的臉上，沒有要放手的意思。

「死老鼠就死老鼠啊。」我有點不悅了，「我又不是什麼千金小姐，才不怕。」

「妳做好心理準備了嗎？」

話音剛落，他就拿開了手，我眨眨眼睛，對上他的目光。

謝永明沒打算繼續說什麼，我皺皺眉，推開同學一看。

強烈的日光從窗外照進教室，我朝自己的位子看去，忍不住嘔了一聲。

那不只是普通的老鼠屍體而已，牠被人從腹部正中央剖開，露出已經轉爲暗紅色的內臟，血跡從桌面蔓延開來，流到了地上。

我摀著嘴，一陣噁心又湧上喉頭。

忽然間，腰上多了一隻手臂將我往後一拉，半脫半抱的將我抓走，此時我的臉色鐵青，胃裡還不停的翻騰著。

謝永明直接把我拖到洗手台，我張口就直接把早餐給吐了出來。

他沒說什麼，只是順著拍拍我的背，直到我吐完之後，他才停下動作。

我洗了把臉，靠在洗手台邊的欄杆上。

謝永明站在我身邊，我抿著唇，喉頭很疼。

這件事情是誰做的？又是要針對誰？我們互望，臉色都不太好看。

我微彎起嘴角，「我是因爲吐了才臉色不好，你又爲什麼臉色這麼難看？」

謝永明看了我一眼，「妳得罪過人？」

「我得罪最嚴重的人就是你。」

老師很快就到了，看到眼前景象也嚇了一跳，沒多久連輔導室的老師也來了，所有學生都被帶離，暫時安置到另外一間空教室。我跟謝永明一直站在一起，雖然我們倆都知道那人暫時不會有進一步的動作，只是那毫不掩飾的惡意實在是令人感到惴惴不安。

「妳還好嗎？」一個女同學怯怯地走上來問。

我笑了笑，「還好。」

徐芳怡平時雖然跟我沒有往來，這種時候卻還這麼關心我，讓我不免有些感動。

「謝謝妳啊。」

她微微一笑，「妳眞勇敢，都沒哭。」

我想了想，回答：「大概是被嚇傻了，連哭都忘記了。」

「妳沒事就好。」她停了一瞬，眼珠轉了轉，懷疑的說：「我覺得這件事一定是趙家瑋做的。」

我心裡猛然一跳，目光往人群看去，找到了趙家瑋。

他面無表情坐在角落，臉色正常的像是什麼事都沒發生過一樣。

但他怎麼能這麼鎮定？

我逐一看著身邊同學的神色，多數人都是驚魂未定的模樣，當然也有些人對這件事毫不關心，逕自讀著書。

我都忘記今天是段考的日子了。

徐芳怡站在我面前，眼神裡是很清楚的打量，她的神態有太多不合理的地方，我垂下眼簾，正想著要如何回應時，謝永明卻往前站一步，開口道：「老師來了，妳先回去吧。」

他一直安靜的站在我身後。

我抬起頭，眼尾餘光確實瞥見了老師遠遠朝教室走近的身影，但我想，這不是謝永明真正要說的。果然徐芳怡離開之後，他就開口了。

「別信她。」他只說了這句話。

我半彎嘴角，低語回道：「我知道，我看起來像傻了嗎？」

「嗯。」他慎重的態度，倒是令我笑了出來。

我伸手輕揍他一下，他也沒有閃躲。好朋友就是這點好，我所有的黑暗面，在這人面前都可以顯現得理所當然。

我和徐芳怡素來沒交情，她關心我尚且合理，但是提醒我凶手是誰，這就有些超過了吧？何況我都還沒說什麼呢，她又是怎麼斷定是趙家瑋做的？除非她知道的事情比我還多，那麼，她又是怎麼知道的比我還多的？

謝永明肯定是和我有相同的想法，所以才會提醒我。

這時，老師進了教室，同學們也跟著坐下。

她說了些不大要緊的事，最後發下考卷。

我跟謝永明互看一眼，我轉身把考卷往後傳給他的時候，用氣聲說：「提早交卷。」

他點點頭，小聲回應：「我知道。」

第一堂考的是國文，我對這科一向很有把握，四十分鐘之後，我就快寫完了，作文題目八股的很，幾乎不太需要思考，把以前寫過的架構移植過來就對了。

由於沒什麼心情再檢查，落下最後一個句號我就起身交卷。

才走到走廊上，謝永明的步伐聲就緊追而來，我們倆一起走進福利社，一路沉默。剛剛我把早餐吐的一乾二淨，現在倒眞是餓了。

「在看到那種場景後，還能接著鎮定考試，現在又大吃特吃，妳的心理狀態到底是有多堅強？」

「我沒有大吃特吃，只是吃一些早餐，而且我才剛經過一場腦力激盪，你知道用腦有多耗費卡路里嗎？」

「說得好像我沒考試似的。」

「題目這麼簡單，你應該跟沒考試一樣輕鬆愉快。」

「妳不也是？」

他亦步亦趨跟在我身後，在我結帳之後，幫我拿起我的足量早餐：一個三明治、一份雞塊、一根熱狗，加上一杯冰奶茶。

溜到了老地方，我坐在老位子，一口氣把這些東西吃完，大快朵頤一番。

謝永明很安靜的看著我一會兒，才問：「吃飽了？」

我吮了吮手指，「不只吃飽，而且還想通了。」

「說來聽聽。」

他遞了張面紙給我，我接過慢慢的擦著手指。

自從我們第一次溜來這個小角落吃東西，兩人雙手都髒兮兮的回去之後，他就習慣隨身攜帶面紙了。

我曾經嘲笑過他這樣的行徑，但他依舊不改其志，我也樂的當個既得利益者。

「我不覺得是趙家瑋做的。」我不疾不徐說道：「但究竟是誰下的手，我們就等著看吧……」

話還沒說完，就讓他截了去，「無論如何，凶手的目的就是要弄妳，那就還會有下一次……」謝永明略爲停頓，又說：「如果不是要弄妳……」

「也是要搞別人，我們只要等著就可以了。」我很平淡的說。

謝永明轉過頭來看著我，「妳是眞的不擔心還是在逞強？」

我嘴角微勾，搖搖頭，收起笑意，臉色一沉。「簡直怕死了，那麼明晃晃的惡意，就算不是衝著我來，難道就不用恐懼嗎？」

謝永明直勾勾的盯著我，我任由他打量著我。

「那妳爲什麼不說？」

我笑了笑，回望著他，「因爲我們是一起看見的，你也都明白情況，現在抱怨也於事無補。簡單來說有兩個問題，第一，這人是針對你還是針對我，分別有什麼動機？第二、我們要怎麼還擊？」

他沉默了一會兒，忽然笑了起來。

「我沒見過比妳奇怪的女人。」

「我就把這話當成是誇獎了。」我開始收拾吃完的早餐垃圾，「我最大的優點就是，不太會發我不能控制的脾氣。」

「哦？」

「我從不歇斯底里，那是沒有控制力的人做的事情。」

「妳是指情緒？」

「我是指，全面性。」

聽完我的回答，他不再作聲。

這時，一陣清風吹過樹林，樹葉沙沙作響。

「還有十分鐘要考下一科，回教室吧？」我看看錶，邊說邊站起來。

謝永明跟著站起身。

「妳想怎麼做？」

「我剛剛不是說了嗎？」我回頭看了他一眼，「等著。」

「就這樣等著？」

我不懂他哪裡有疑問，詫異的停下腳步。「不然還能怎麼樣？」

「妳不擔心嗎？如果他是衝著妳來的那怎麼辦？」

「那也只能等他再出手，我們才有證據。」我答：「現在什麼證據都沒有，所有的假設都只是猜測。」

他深深吸了一口氣，我偏著頭，不太懂他的反應，我的方法有差到他需要深呼吸壓抑自己嗎？

「好吧，我們一起。」

「啊？」我愣住，「什麼意思？」

「于文斐，妳是不是從來沒把我算在妳的計畫裡面？」他的聲音很平，平的像是在隱藏什麼情緒。

「你在說什麼啊？」

我莫名其妙的看著他。

「計畫很好，只是爲什麼沒有自保方案？還有，妳把我放在哪裡？」謝永明看著我問。

「呃……」我還眞沒想過這兩件事，而且要把他放在哪裡？總之不是凶手那裡，這還需要解釋嗎？

他伸手敲敲我的額頭，「妳儘管做妳想做的事情，其他的交給我來。」

啊？你來什麼？

而且哪裡有什麼其他的事情？

事情不由得我們多想，當我們回到臨時教室的時候，正好鐘響。

三天的考程很快過去，不知道是基於什麼考量，這幾天我們都是待在臨時教室，其實這樣也不錯，考到最後一天時，大部分的同學都已經淡忘了這件事。

但我跟謝永明知道，這故事才剛要開始。

這些日子謝永明跟我幾乎形影不離，顧不得那些流言蜚語，就連洗手間都是一起去、一起回。在還沒有搞清楚狀況之前，他是我在班上唯一信任的人，不管被其他同學怎麼討論，我都無所謂。

至於他是怎麼想的，我不太清楚，也沒多問。

我只相信他，但說不定他只相信他自己。這倒也沒什麼，我滿能理解他的。

學校處理這件事情的進度非常慢，段考都過兩個星期了，依舊沒有任何下文。

雖然我已經跟謝永明討論過，認爲學校可能會打迷糊仗，但見到他們這種處理態度，我們還是有些不高興。

不過，我們的想法不是重頭戲。

重頭戲在於，我爸以及謝伯伯一起到了學校。

想當然，謝伯伯對謝永明挺上心，論財力，我家也比不上謝家，所以家長會長理所當然是謝伯伯，我爸則是副會長。

他們聯袂來到校長室，詳談一番之後，我跟謝永明也跟著被找到輔導室。

其實我們心裡早有定論，所以也只是走一走過場而已。

過了很久之後我才察覺，從這時開始，我們兩人的世界就已經被劃清了界線，在我跟他的世界裡，沒有別人。

所以，我們可以談笑風生，可以波瀾不驚，可以完美無缺。

只是那時的我們還不明白。

敷衍完輔導老師之後，我和他都有些筋疲力盡，便一起去買了咖啡。

這幾天，謝永明也把徐芳怡的背景查過了。這種事他做就是方便，反正他們家裡除了謝伯伯以外也沒人關心他，而且謝伯伯也沒阻止他，不管是他先前查趙家瑋，還是現在查徐芳怡都一樣。

「所以，你爸支持你的行爲嗎？」我咬著吸管問。

「不反對，他甚至讓他的人去幫我查。」謝永明淡淡的說：「但我大姨卻不是很滿意，擺了好幾天臉色給我看。」

我拍拍他的肩安慰道：「我想查都沒得查，我爸第一時間就否決了我。」

謝永明看我一眼，「其實我很羨慕妳，妳爸很保護妳。」

「我一直都知道。」我撐在欄杆上看著天空，「可惜你沒辦法來當我家的小孩。」

「妳上輩子幹了多少好事才有這麼幸福的家庭？」

我斜眼看著他，但他的面容嚴肅，像是眞心想知道答案的模樣。

「別說這個了，你怎麼看？」

「等。」他倒是跟我答案相同了，「其實我更希望凶手是趙家瑋。」

「爲什麼？」

「因爲我不喜歡他。」

呃？我偏了偏頭，「所以？」

你不喜歡人家，所以希望他是凶手？這是什麼神邏輯？

「如果凶手是他，就可以名正言順叫他滾。」謝永明冷冷的說。

我愣了許久，看他一副凶狠的樣子，忍不住笑了出來。

「你這人怎麼這樣？」

他聳聳肩，不是很在意，臉上一點笑意都沒有。

看著他的側臉我才明白，他跟我不同。

我等著，是爲了找出凶手，趨吉避凶；他等著，卻是爲了驅逐凶手。謝永明的性格裡有一種極其自私的成分，但卻不能怪他。

我不知道應該說什麼，只好開口：「走吧，回教室。」

謝永明沒動，淡然的問：「妳生氣了？」

我搖搖頭，「沒有，只是……不知道這樣做對不對？」只因爲他是凶手，只因爲不喜歡，就可以將他驅逐嗎？

他不回答，卻反問我：「這很重要嗎？」

扔下這句話，他逕自走開，我趕緊追上。

不重要嗎？

算了，我們都在等凶手出現，此時我也不想和他起爭執，於是加緊邁開步伐追上他。

小跑步到他身邊，謝永明看向我，緩緩說道：「妳知道我媽是怎麼死的嗎？」

我搖頭。

我從來都沒問過他，以前是因爲不好意思，後來熟了則是不忍心問。

走廊突然安靜下來，天色一片清亮。

「病死的。」

他停下腳步，看著我的眼睛說：「我們誰也不能控制生離死別，縱使我爸這麼有錢，還是救不了我媽。我不怪他，只是偶爾還是會覺得憤怒，爲什麼別人就能家庭健全、雙親俱在，而我卻是個私生子？」

「我、我很抱歉……」原來我的理所當然在他眼中居然是一種奢望。

「不關妳的事。」他拍拍我的肩，手就這樣停留在上頭。那樣大的手掌，熨燙著我的肩膀。

「在我可以控制的範圍內，我無法接受任何事情去傷害我在乎的人。」他的手很大，眼神清澈，看得我一時之間說不出話。

「謝謝你。」

他勾了勾嘴角，收回手，「回教室吧。」

一整個下午我都無心上課，原來他這麼看重我，但我卻有些沒心沒肺，時常只顧著勞役他。

到了下午，我終於無法忍受了。

掃地時間一到，我拿著掃把追到謝永明身邊，用宣示的口吻說：「謝永明，我一定要請你吃飯，我今天不去圖書館了，我們去吃飯。」

他翻了個白眼，「于文斐，妳吃錯藥了？」

「我是認眞的，我在你心裡這麼重要，不能一點表示都沒有。」我直直的盯著他，「從現在開始，我的就是你的。」

我的人生，就是你的人生。

那年許下諾言的我們，經常不明白這些話在生命裡會有多重。

◆

我用我爸的名字訂了一家常去的高級餐廳會所，每年我爸媽結婚紀念日的時候，我們全家就會來這裡吃。這地方雖然高級，但不是有人陪酒的那種，如果有的話我還好奇呢，可惜並沒有，就只是個低調奢華的餐廳。

進出這裡的客人，有時也會在電視上看見，偶爾還會遇見當紅明星就在隔壁桌吃飯，但這也沒什麼，因此也從未見過有人上前要簽名和合照。

之所以選在這邊吃飯，我心裡當然是有打算的，這裡是我心中用來紀念重要日子的地方，既然都對謝永明說了，當然就一定得隆重點才行。只不過我也等不及回家換便服了，穿著制服去高級餐廳用餐也沒什麼大不了的。

不過當我們被門口的服務生攔下來的時候，我就有些哭笑不得了。

即便我不停解釋我有預約，但因爲用的是我爸的名字，服務生只覺得我們在惡作劇。

唉，我這眞是有錢沒地方花。

謝永明似笑非笑的站在一旁，看著一臉無可奈何的我，問道：「要不要我打電話請經理出來？」

我是不意外他會有這家餐廳經理的電話，就只是一口氣氣不過……

「說好我請你吃飯，還讓你幫我解決問題，以後在你面前都抬不起頭來啦！」

「就算沒有今天這件事，妳還是抬不起頭來，永遠的第二名。」謝永明毫不客氣的嘲笑我。

我瞪著他，本來想發脾氣的，卻還是沒忍住笑了出來，「別忘了，段考那天我的桌上讓人扔了一隻開腸剖肚的死老鼠，能有這種成績，我已經很滿意了。」

謝永明還是用一副欠揍的表情看著我，我嘆了口氣，用拇指比了比後頭的大門，「怎麼辦，這下眞的進不去了……」

「妳非吃這家不可？」謝永明已經拿出手機，「那我就要打電話了。」

雖然不情願，卻又不得不同意。

這時，旁邊突然傳來一道熟悉的聲音。

「于文斐？」

我轉頭過去看清來人，驚呼：「李曜誠？你怎麼在這裡？」

「這是我家開的餐廳。」他指了指，「你們要進來嗎？」

我愣住，我爸說的果然沒錯，班上能累積的人脈還眞多，連全城最大的高級會所裡的老闆兒子都是我同學。

「我訂了位子，但是進不去。」我刻意不說原因，想必他也知道爲什麼，此時服務生的臉色有些難看，急忙替我們拉開了大門。

李曜誠面無表情的看了服務生一眼，謝永明這時才慢慢的邁開步伐走到我身邊。他們互看一眼，謝永明冷漠的點點頭，這傢伙毛病依然沒改。

李曜誠似乎沒把他的冷面放在心上，「那就跟我一起進來吧，我想……」他的眼神在服務生臉上一轉，雖然帶著笑，但警示意味卻很濃厚，「以後你們應該不會再被擋在門外了。」

李曜誠帶著我們進去後，跟我打了個招呼就去忙了。

比起我家這種自由主義跟謝永明他爸那種放任內鬥的教育來說，他家的教育又是另外一種精英培養路線了。李曜誠的成績並不優秀，實力也很普通，不過說起經營生意，恐怕連謝永明都比不上。

他爸也捨得放手讓他經營，現在高級會所幾乎有一半的事情都是李曜誠在處理，居然也不怕他砸鍋。名義上，李曜誠是個富二代，但我可沒見過有哪家的富二代那麼有本領，至少在我們的年紀，李曜誠已經算是最拔尖的了。

我跟謝永明讓經理帶到已經訂好的位子上，我大手筆的點了不少菜，謝永明也不客氣，又加點了他想吃的海鮮，經理也不阻止，直到點完菜，他才笑著說：「剛剛小少爺吩咐了，這桌都算他的。」

我眨眨眼，腦中迅速閃過不少想法，最後禮貌回應：「不用了，這頓飯我必須付錢，下次還有機會的。」

謝永明略略抬首瞄了我一眼，經理也十分識趣，既然我這麼說了，又是常客家的女兒，他也不再多說，不過對李曜誠那邊還是得做做樣子，於是又問：「既然如此，就讓我們招待幾道菜吧？」

我頷首，錦上添花的事我當然樂意。

經理又對我們寒暄幾句，才退了出去。

等到經理走後，謝永明才開口：「怎麼不讓李曜誠請？」

我笑了笑，「無事獻殷勤，非奸即盜。」

謝永明彎起嘴角，「沒想到我們的資優小公主，也能這麼黑暗。」

我笑著把擦過手的濕紙巾扔到他身上，「我們這種身家，就別裝單純了，什麼事情背後沒有利益算計？李曜誠人是不錯，但說到底，我們不過就是同學情份，不至於請上一桌，如果答應的話，回頭我爸還要幫我還人情。」

「算妳聰明。」謝永明喝了口水，笑著問：「那這頓飯……我是不是也得提防妳有什麼利益算計？」

「好啊好啊，你提防吧，我還怕你一點都不防我，那我的人生多無趣？」

我故意這麼說，謝永明笑意更深了。

「憑妳？還不夠格呢。」

只要我們兩個鬥起嘴來，就是我最快樂的時光，能有個和自己心靈相通，而且比我聰明、比我腹黑的人在身旁，我的所有小心眼和小心機，在他眼中都如此合理正常，這種感覺眞是特別愉快。

沒多久，服務生上了茶，接著是一盤盤的菜。

菜的份量不大，都是二人份的精緻路線，我們倆把十幾道菜都吃了個乾淨，也只是剛好吃飽而已。

我才靠上椅背，包廂的門板就讓人敲了兩下。

「賭一把，門外是李曜誠。」我笑著說。

謝永明連眼都沒掀，「不賭，肯定就是他。」

「進來吧。」我對謝永明的沒玩興感到失落，開口讓門外的人進來。

門一開，果然是李曜誠，後頭還有個人端著甜湯跟了上來。

「好吃嗎？」他逕自挑了一張位子坐下，對我們笑了笑。「看你們沒吃甜點，我就帶了我喜歡的過來了。」

我站起身，盛了三碗。

「好吃，這裡我常來，我們家一向喜歡這裡的廚子。」我把甜湯放在謝永明跟李曜誠面前，「謝謝你的甜湯，你都請我們好幾道菜了，還帶甜點來。」

李曜誠笑了，他的面容偏向中性，一雙桃花眼笑起來像是會放電一樣。

「一直想跟你們交個朋友，總是不得其門，今天難得讓我遇上，就別客氣了吧。」他笑咪咪的說。

我對謝永明使了個眼色，他倒是一點都不為所動。

「朋友之間計較這些做什麼？」我不答反問，卻沒給他一個同意或是拒絕的答案。

李曜誠也聽出我打的迷糊仗，端起甜湯喝了一口，緩緩說道：「早就想跟你們說件事，但是又怕你們不信……」

「你知道凶手是誰？」謝永明插話。

李曜誠微微一愣，點點頭，也不賣關子，「凶手是徐芳怡，她一直都有精神疾病。」

「趙家瑋呢？」我問，一個班級有兩個人精神狀態不穩定，這不容易吧？

「他只是偏執，太在乎成績而已。」李曜誠笑起來，「別理他就沒事了，那人比較陰鬱，以前我也不喜歡他，後來發現只要無視他就行了。」

「爲什麼要告訴我們？」我追問。

李曜誠不回答，又說：「不過你們別冀望學校會把徐芳怡揪出來，她爸早在入學的時候就送了一大筆錢進去，請學校多多包涵。」

謝永明和我同時笑了一聲，什麼行徑，這樣一來就算凶手不是徐芳怡，學校也會懷疑到她頭上。

「我只是想告訴你們這件事，也差不多該走了。」他起身整了整衣服，轉頭看著我，「之所以會告訴你們，是因爲我想跟你們當朋友。」

我們也站了起來，我開口：「李曜誠，朋友這事情也不是口頭上說說就算，不過既然你都這麼說了，那我們就當個朋友吧。」

「行。」他笑，「日久見人心，你們會知道我是個不錯的朋友的。」

他說完就留下我跟謝永明走了，我們互望，謝永明走到我身邊，我問：「你怎麼看？」

「徐芳怡的事情是眞的，交朋友是眞的，至於動機，等著看。」

謝永明說的簡單極了，我頷首，「跟我想的差不多。」

「差別在於？」他低頭看我。

包廂的燈光昏黃，那一瞬間，我竟有些看不清他的輪廓。

小心臟忽然又撲通撲通的狂跳起來，我笑起來，別過臉避開他的視線，聳聳肩。

「以後我們來這裡吃飯都可以算便宜些了。」我隨口扯了些無關緊要的話，沒想到謝永明卻笑起來，罵了聲無賴。

我那跳個不停的心忽然寧定了下來，對嘛，這才是謝永明跟于文斐。

◆

知道凶手是誰之後，我心裡也比較安定了。

隨著時間離期中考越來越近，我難免又有些顧慮，隱約覺得會舊事重演，但謝永明似乎沒有這種感覺，依然很穩定的讀著他的書。

想想也是，他這麼強悍，誰敢弄他？

不過他一向敏銳，大概也察覺到我的情緒有點緊張，所以在考試的前一天，我們早早離開圖書館，謝永明陪著我在寒風中繞著操場散心。

「妳心情不好？」

走完第一圈，我身體已經熱了，但指尖還是發冷，我搓著手，「沒什麼，明天要考試了，我總覺得還會再看見死老鼠之類的……」

要是老鼠還好，如果是狗或貓的話，我可能眞的會被嚇瘋。

「沒事，不會的。」

他捏捏我的手安撫著我，我驚訝他的掌心竟這麼熱，他嘖了一聲就把我的雙手緊緊包起。

我瞬間分了神，不知道應該將注意力放在我的手上，還是專注在他篤定的口氣上。

謝永明必定是做了什麼，才會用這麼肯定的語氣安慰我。

他就是個有十分把握才敢開口的人。

「你做了什麼？」我沒顧上我的手，只想先追問這件事情。

「沒什麼，徐芳怡家裡能給學校送錢，難道我們家給學校的錢還會少嗎？我也沒有要爲難他們，只是我需要一個安穩的讀書環境。」他淡淡的說：「我請我爸跟校長談過，以後這種事不會再發生。」

「哦……」

有時候解決事情的方式就是這麼簡單，不必拐彎抹角。

「那……」我偏了偏頭，「我還是不明白徐芳怡是要整誰？趙家瑋嗎？有這必要嗎？」

「我不在乎。」他答得很直率，「如果他們曾經有什麼新仇舊恨，我不介意一起弄走這兩個人。」

「你要怎麼做？」

事情發展已經有些超乎我的想像，我只能愣愣的看著他。

他張開手，冷風竄進我發熱的掌心，害得我連忙把雙手插入口袋裡。他伸手拍拍我的頭，「不告訴妳。」

「咦？」

謝永明笑了笑，「這樣妳能安心考試了嗎？」

「這樣我怎麼安心考試，你讓我滿肚子問號啊！」我追著已經繼續向前走的謝永明，「幹麼不告訴我？」

他安靜的走了一大段路，我一直在旁邊叨叨絮絮，直到走回我們放書包的地方，他才開口。

「文斐，」他第一次這樣喊我，讓我有些緊張，「有些事情妳爸不讓妳做，那我也不會讓妳知道怎麼做。」

我雖然不服氣，但同時又覺得有種甜膩的感覺在心頭蔓延開來。

「妳要永遠像現在這樣，聰明卻帶著天真，永遠都像個孩子一樣。」他頓了頓，我屏著氣息看他，在路燈光芒底下的他看起來特別有魅力。

「也許還有點蠢。」

「……我是不是聽錯了？」我瞇起眼。

「不蠢嗎？第二名？」謝永明嘲諷的笑了。

我知道他是不想繼續在這個話題糾纏下去才這樣說的，其實，他並不是真的覺得我蠢。

隔天一早，當我懷著惴惴不安的心情踏進教室時，果然如他所說，氣氛一片祥和，只不過仍然有些事情令我感到意外。

例如說，徐芳怡缺席沒有來考試。

例如說，趙家瑋也缺了席。

這不大像是巧合，所以考完第一堂，我又把謝永明拖了出來。

「你弄的？」我比了比二的手勢，「both？」

他聳聳肩，折下了一隻手指，「趙家瑋的事情我不知道。」

謝永明沒有必要騙我，若不是他，那整件事情又顯得更詭異了。

趙家瑋這麼重視成績的人，怎麼可能缺考？

我看著謝永明，他神情淡漠，「你不好奇？」

「我不關心。」

我對他皺皺鼻子，「那你關心什麼？」

「妳知道的。」

什麼跟什麼？我笑出聲，想起他昨晚替我暖手的模樣，嘴上卻故意說：「我爲什麼要知道？」

他哼笑，臉上都是無可奈何的神情。

既然跟他無關，我也不再追問，我們一起回到教室外頭，剛好與李曜誠擦肩，他看起來臉色鐵青，我想了想，剛剛的數學考題偏難，以他的程度肯定沒能掌握。

令我意外的是，謝永明停下腳步看了他一眼。

李曜誠沒注意到他的目光，逕自往廁所走去。

「你覺得是他？」我問。

「很有可能。」他靠上欄杆，「雖然不知道他的動機，但是妳別忘了，他的情報比我們多很多。」

「你怎麼不打算跟他結盟？」我很好奇。

謝永明淡淡一笑，「我有說不要嗎？」

「咦？」我跳起來，「可是你的態度一點都不像是……」

他斜睨著我，徐徐說道：「別急，等著。」

我是不知道他在等什麼，不過這時已經打鐘了，今天的考程緊密，我們也沒有時間再討論這件事。

三天過去，這兩個人都沒有出現。

考完最後一科，班導告訴大家這兩人都已經轉學，雖然不是很令人意外，卻也不在我的猜測之內。

我頗爲錯愕的轉頭看向謝永明，卻見他盯著李曜誠的方向，我順著看過去，只見李曜誠一臉平靜，一副沒事的樣子。

我笑起來，這就是標準「肯定跟他有關係」的表情。等到下課，我跟謝永明便一左一右包圍李曜誠，他卻一點也不吃驚，只是笑。

「我知道你們想問什麼，但是跟我無關。」他搖頭，「徐家是誰做的我不知道，不過趙家受到景氣影響是事實，這兩年本來就有家道中落的跡象。」

我瞇起眼，「怎麼會，他們家是客運龍頭。」

李曜誠攤手，「那我可不懂，妳不信，去查查就知道。」

我跟謝永明對望，他微微頷首，看來是相信李曜誠了。

唔……謝永明沒道理只憑三言兩語就信了他，肯定是也已經知道趙家的情況，只是這兩人都知道趙家情況不好，怎麼我就不知道？

我有種被排擠的感覺，眼前這兩人該不會私底下常互通有無吧？

「不過，結果看來也不壞，不是嗎？今晚要不要來會所吃飯？我請客。」李曜誠笑起來，看著十分誠懇。

我想了想，「可以啊，就讓你請客吧！」

◆

從此之後，我的高中生活忽然就平靜下來了。

不用再戰戰兢兢的害怕桌上會被人扔死老鼠，在圖書館讀書的時候再也不會覺得芒刺在背。

我們跟李曜誠熟了起來，才知道這人有多吵鬧，同時也很愛熱鬧，三不五時就找我們去會所吃飯，就算那裡的餐點再怎麼好吃，環境再怎麼高雅，也禁不起像便當店一樣常常吃啊！

於是，我跟謝永明吃到高三的時候，就感到痲木了。

提起會所，心裡的感覺大概就像是想起巷口的超商，說不定還略慘一些，畢竟超商還可以拿網拍，會所除了吃飯還能幹麼？

這天，包廂裡只有我們三個人，李曜誠聽了我的評語後，竟然笑個不停：「眞是不識貨。」

下個月就要指考，我自然是準備的差不多了，謝永明則一點都不擔心，估計我們兩個要是正常發揮，應該又是同一間大學，唯一有可能跟我們分道揚鑣的，只有李曜誠。

我們三方的家長，並沒有反對我們互相交好，偶爾我去謝家吃飯時，謝伯伯還會叮囑我千萬不能拋棄謝永明，去跟李家兔崽子在一起之類的玩笑話。

我總是笑著回答：「當然，我這輩子都不會拋棄他。」

三年下來，我跟謝永明一直很穩定，「友情」很穩定。

有時我會跟他撒撒嬌，他也從來不拒絕；如果我有事需要幫忙，他也肯定會答應。

我們仍然維持著考輸請吃飯的習慣，跟他在一起令我覺得很滿足，好像其他什麼都不需要一樣，可是……

謝永明盛了一碗湯放在我面前。

李曜誠眼眸含笑，盯著他打趣著問：「你們倆究竟爲什麼不在一起？」

他問的是謝永明，我自然不需要回話。

「關你什麼事？」

「關我的事啊，我家老頭整天要我追文斐，說得我耳朵都長繭啦。」李曜誠就是這樣，沒個正經。

「你要追早追了，就算我們在交往，還擋得了你嗎？」謝永明波瀾不驚的說。

李曜誠一愣，撇開臉笑了起來，「眞心瞞不過你。」

我在一旁看著他們，這情景眞好，好朋友與美食，像是什麼都齊全了。

「欸，我們喝點酒好嗎？」我脫口而出。

謝永明看了我一眼，李曜誠已經跳起來，「當然好，我去拿紅酒。」

他奔了出去，謝永明走到我身側，「搞什麼鬼？」

我仰著頭，看著他的臉。

心裡頭有什麼東西好像被瞬間點燃，有種很暖和的感覺在胸口流動。

我伸手拉拉他的手，「考完指考我有話要跟你說。」

「什麼話不能現在說？」他眉頭微蹙，「幹嘛賣關子？」

「不是不能說，是沒必要現在說。」我笑道。

我的指尖感受到他掌心的滑順觸感，我很喜歡他的手。

謝永明拿我沒辦法，又聽見門外腳步聲響起，只好嘆了口氣回到自己的位子，才坐定，李曜誠就推開門走了進來。

◆

其實我是打算跟謝永明告白的。

說告白也不太對，就是……說清楚，我有把握他也喜歡我，我們只是在等指考過去而已。

我做了很多預想，包括要訂一間餐廳，要有燭光晚餐和現場樂隊，還要有這些跟那些……

但這些設想都敵不過一場意外。

考完指考後沒多久，謝伯伯因為心臟病送醫，急救了兩天，終究回天乏術。

謝永明深受打擊，畢竟那是他唯一真心對他好的親人。

幸好謝伯伯有先見之明，先留下了遺囑，但卻讓謝永明陷入更大的家族鬥爭裡。百日未過，謝永明的大媽跟大哥，就想把那些屬於謝永明的遺產搶奪回去，一分一毫都不願意給他。

那些日子裡，我每次見到他，他都是擰著眉，匆匆跟我見上一面，簡單吃了頓飯，喝杯咖啡後便很快離去。

他只大略說了現在的公司他有一半股份，還請了律師團跟財務團，正在進行零散股份的收購，大約是想要爭取絕對多數。

詳細情形我不太懂，但是見到他這副模樣，總讓我覺得不捨。

「謝永明，你到底需不需要我幫忙？」

上了大學，課業很鬆，我按照興趣選了英文系，他倒是毫無意外的讀了企業管理。

「現在還不需要。」他捏著鼻梁，微閉著眼。「妳最近如何？」

我有些不滿的嘸起嘴，「什麼時候我們還得互相詢問近況如何了？」

謝永明滿臉無可奈何，「妳知道我在忙什麼，還跟我發脾氣？」

我一愣，這台詞好耳熟啊，只是讓他一問，我氣也消了。「讓我幫你，你的世界怎麼可以沒有我？」

他有些驚訝，頓了一頓，「文斐，我的世界很黑暗，妳不要進來。」

「哪裡黑暗了，你說給我聽，我這麼聰明，不會應付不來。」我賭氣的說。

謝永明似乎對我這種態度失去了耐心，「于文斐，妳生理期啊？」

「我沒有，我只是喜歡你！我只是想跟你在一起！」我站起身對他吼，吼的整間星巴克都聽得一清二楚。

我承認，我慌了手腳。

從沒想過上了大學後，我們會變的如此生疏，也不知道謝伯伯的過世會讓他改變這麼大，我們明明是如此親近的朋友，現在怎麼會變成這樣？

他好像不再是我記憶中的那個謝永明了，他的眼裡常常轉著我看不懂的憂微光芒。

我不想離他越來越遠。

他讓我嚇著了，直直的看著我，一動也不動。

我們就這樣凝視著，直到周圍傳來竊竊私語的聲音。

他嘆了口氣，「對不起，我最近眞的太忙……」

「我不要聽這個。」我打斷他的話，「謝永明，你要不要跟我交往？我只要聽答案。」

他的眉心又緊緊地擰了起來。

「妳一定要知道？」

「對。」我鐵了心，賭他不會拒絕我。

「不要。」

不只我，全星巴克的人都被他的回答嚇傻了，我甚至聽見有人倒抽了一口氣，還有人低低的叫了聲，還有，我的心碎開的聲音。

第二章

也許世界上真的有緣份，但這也是註定我們不能在一起的原因。

我在李曜誠的會所醉了三個晚上，等天亮打烊的時候，我才回家洗澡睡覺，晚上會所一開，就去喝酒。

包廂裡有一扇落地窗，可以看到中央的庭園造景。這個已經看過幾百次的景色，如今只剩下我一個人欣賞。

謝永明，你會想念跟我一起看這些風景的時光嗎？

水聲很輕，我趴在窗台，看著在燈光下波光粼粼的造景湖面。

喝了酒，我才能不去想，爲什麼謝永明會拒絕我？

此時一切的感覺都變的那樣清淡，疼痛也不過就是一抹輕煙。

我一直以爲我們心靈相通，也一直以爲我們互相喜歡，原來只是我自作多情。

我說不出那是什麼樣的感覺，除了心痛之外，甚至還混雜著一種屈辱感。

我蜷曲在陽台上，十月初的夜裡氣溫正好，我腳邊堆著幾個紅酒空瓶，其實酒精濃度不高，只是喝多了點，看起來有些可怕。

門開了，我沒回頭，只說：「李曜誠，我餓了，你讓人做點下酒菜過來。」

那腳步聲停了一下，又走出門去。

我仰頭喝了口酒，爲什麼你的世界很黑暗，就不能讓我進去呢？

這是眞正的原因，還是你的藉口？

如果你也喜歡我，是不是不管怎樣都不會讓我走？如果你讓我走了，是不是表示你並不喜歡我？

無論我再怎麼問，也永遠不會知道正確答案。

我有些醉了，閉上眼睛，嘴裡哼起不成調的曲子。

突然手裡的酒瓶一滑，我一驚想伸手握緊，卻讓人抽了去。

「唔？」我朦朦朧朧的抬起眼，是謝永明？

他把酒瓶放在腳邊，我轉過頭看著窗外，不發一語。

「妳喝三天了，夠了吧？」他聲音很平靜。

干你屁事，反正你也不要我，我做什麼你管得著嗎？我在心裡回答他，表面上依然沉默。

「于文斐。」他喊我的名字，「不要跟我生氣，我是不得已的。」

「拒絕我還有不得已？」我已經有些口齒不清，揮開了他的手，「你不喜歡我就離我遠一點。」

什麼爛貨，不喜歡我還任由我撒嬌，你如果早點拒絕我，難道我還會死纏爛打嗎？

我氣得打算再拿酒來喝，但因爲坐太久，又已經醉了，雙腳才踩上地面就麻的站不住。

謝永明眼明手快的撈起我，把我抱在懷裡，我已經幾天沒好好吃飯，又喝了不少酒，早就沒什麼力氣，儘管掙扎，卻推不開他。

一直以來，我都推不開他。

「不要亂動。」他低聲說。

「干你屁事！」身體動不了，還不能罵他幾句嗎?!

謝永明重重嘆了一口氣，半挪半抱的把我安置在椅子上，接著在我面前蹲下，與我四目相接。

忽然一股酸意衝上鼻腔，我的眼淚就這樣落了下來，落在他的臉上。

看起來就像是他在哭。

他伸手抹掉我的眼淚，「對不起。」

我倔強的別過臉，不想聽他的道歉。

「文斐，對不起，但我眞的是身不由己。」

我以爲他會吻我。

那一瞬間我眞以爲他會吻我。

這時，門讓人敲了兩下，謝永明的手機也響了起來，我別開眼，還幻想什麼呢？于文斐，夢很美，但也該醒了，他不喜歡妳，給自己留點尊嚴好嗎？

我扶著桌子搖搖晃晃的起身，走到另一頭的椅子坐下，我知道謝永明在看我，但是那又如何？

我讓門外的人進來，服務生端著四、五樣菜進門，都是我平常愛吃的。

服務生走後，我拿起筷子慢慢的吃著。

謝永明坐在我對面，一言不發的看著我。

我沒有什麼心情招呼他，他愛看就讓他看吧。

吃沒幾口，胃裡一股酸意上沖，我險些吐了出來，謝永明連忙倒了杯熱茶給我。

喝了一口，凍頂烏龍的香氣在我嘴裡蔓延開來，才把那股混雜著心酸心碎心痛的複雜情緒給壓了下去。

「我沒事……」我推開他的手，既然他不打算跟我在一起，我也不會繼續刷下限。

如果冷漠與疏離能夠治好我的傷口，我不介意疏遠他。

謝永明沒說話，退了開，這時候李曜誠進來了。

他看我正在吃東西，嘆了一大口氣：「總算願意吃東西了，妳這三天只顧著喝酒，什麼都不吃，我眞怕妳把胃喝穿個洞來。」

「你只拿紅酒跟氣泡酒給我，能做什麼用？」我瞪著他，「要吃我自己會動手，等一下就回家了。」

李曜誠一副心疼模樣，「妳知不知道妳喝掉多少酒錢啊？那可都是好酒，給妳這失戀的傢伙喝了簡直是浪費。」

我把手上的筷子往他身上扔去，「付你錢就是了。」不需要這樣提醒我吧！

「酒錢多少？」謝永明開口。

「三萬五千，算你友情價三萬。」李曜誠要是會客氣，天都要塌下來了。

謝永明掏出卡，我還來不及阻止，李曜誠已經接過，喜孜孜的走出去了。

「叛徒。」我低聲罵。

元。

那天是誰說讓我盡量喝的，還說什麼好朋友就是要義氣相挺，原來你的義氣只值三萬

「把你帳戶發給我，我還你錢。」我頭也沒抬的對謝永明說。

「不需要，我們之間需要計較這些嗎？」

「我們是什麼關係，可以不用計較？」我往狠處踩，不怕踩傷他，也不怕踩痛我自己。

他沒說話，我放下筷子，「我要走了。」

謝永明抓住我的手腕，「我送妳。」

我回頭看著他，他的眼裡也有些情緒，口氣聽起來不容反駁。我有些心酸的想，就算我這麼理解他，還是無可奈何。

也許世界上眞的有緣份，但這也是註定我們不能在一起的原因。

「好啊。」

我來的時候是司機送我，前幾天都是坐李曜誠的車，要是不讓謝永明送，我連搭計程車的錢都沒有。

「妳在想什麼？」謝永明輕擰眉心。

「沒有。」

我不想告訴他心裡正想著這麼現實的問題，我正在嘗試不再事事對他坦承。

雖然我喝醉了，但心裡是清醒的。

謝永明會出現，肯定是李曜誠叫來的，他們都擔心我，卻也不好說什麼。

一個是始作俑者，一個是局外人，他們就算想勸我都不知道從何下手。

我不想再見到謝永明，至少短時間內不想。

暈呼呼洗完澡，我躺上床就昏昏沉沉睡著了。

隔天一早起來吃早餐，對上爸媽探問的眼神，我想了想，還是簡單的和他們說了。只是沒說出拒絕我的人是謝永明。

爸媽一副想繼續跟我深談的模樣，但此時我只覺得滿心煩悶，於是對他們搖搖手說我要去上課了。

我媽一看我的表情就知道我心裡在想什麼，她嘆了口氣，叫我路上小心，又回頭跟我爸竊竊私語。

我不想聽，拿起包包就出門了。

心不在焉的上了兩堂課，我得找點事情做，讓課後時間不要太閒，這樣就不會忍不住一直想起謝永明。

一想到他，我不禁垂下了眼簾。

我一面傷害他，一面傷害我們的感情，卻覺得捨不得和不甘心。

憑什麼只有我覺得心痛？

難道我們過去的那些默契，都是我的一場錯覺？

察覺到自己又陷入了無限迴圈，我深深的吸了口氣，心想其他同學下課之後都在做什麼事情呢？

我觀察了幾天，得到了解答。

社團、打工、談戀愛。

最後這一項我是暫時死心了，社團也沒找到喜歡的，只剩下打工了。

我想了許久，我有幾兩重自己清楚，就我這千金小姐的體質，要是去李曜誠的會所端盤子也端不了幾個，還怕薪水不夠賠砸破的；況且我又不缺錢，爲的是打發時間，打發那些沒有謝永明的時間。

下課後，我揹著背包在校園裡亂走，這種毫無目標又沒有同伴陪在身旁的日子，好寂寞。

學校很大，我走著走著，也不知道要去哪裡。

最後沿著學校周圍的商店繞了一圈，停在一家音樂行前，他們在門前擺了一架代售的二手鋼琴，我一時手癢，看看左右也沒人，就把包包放下，彈了起來。

我一直學琴到高二，通過鋼琴二級檢定之後就不想再練。這麼久沒彈，手指都有些生疏了，幸好彈的不過是首流行歌，不著重技巧。

那些讓我壓抑在心裡的情緒，像是讓這樂音沖散一樣，沖到了街上的路人身上，我知道我身後聚集了一圈人，他們可能以爲我是街頭藝人或是鋼琴店聘請的演奏者。

一曲彈畢，身後響起掌聲，樂器行的老闆早已經站在門邊，我對他點點頭，轉身要走，他卻把我攔下來。

原以爲他是要跟我計較沒打聲招呼就擅自彈起鋼琴，沒想到他開口就問：「妳想不想當鋼琴老師？」

我錯愕了幾秒，本想拒絕的，但卻脫口而出：「教誰？」

老闆見我沒有拒絕，連忙將我請入內，仔細一問才知道是他朋友想請鋼琴家教，委託人才剛走，我就送上門來。

◆

就這樣，我開始當起家教。

我的學生是個長得很可愛的五歲小女生，家裡也挺有錢的，不過我卻沒聽過她家的名號，不知道是不是最近才搬來的。照理來說，城裡有點錢的家族，我應該多少聽過才對。

「老師，我想去外面玩。」棠棠脆聲聲的喊著，每次只要聽到那甜甜的童音，我都覺得快融化了。

「好啊。」眼看時間也差不多了，我乾脆的答應。棠棠的家人也不太要求她的琴藝，只不過是想讓她培養興趣，就跟我當初學琴是一樣的。

所以，他們選老師的時候並不太在乎出身，初次見面時棠棠的舅舅就說了，只要她高興，上不上課都無妨。

我跟棠棠一起到了院子，日陽正好，她一下子就笑鬧著跑掉了，其實四周都有保母看著，我也不擔心，只是坐在簷下看著。

「棠棠今天有練琴嗎？」

一道笑吟吟的聲音從我背後傳來，我回頭看，是棠棠的舅舅。「白先生。」

「還習慣嗎？」他在我身旁的空椅坐下。

「習慣，棠棠很乖巧。」

白宣譽，一個突然出現在這城裡的有錢人。

其實我大可以讓李曜誠去查查這人，只是那叛徒肯定轉頭就把我的事告訴謝永明，而我現在只想躲著他，所以也就打消了這念頭。

「我有個冒昧的問題，希望白先生不要生氣。」我忽然開口，「我幫棠棠上了一個月的課了，都沒見過她父母，不知道……」

「叫我的名字就好。」他笑了笑，「棠棠是單親家庭，她母親是我妹妹，比妳大幾歲而已，自從生了棠棠之後就一直身體不好，現在還在住院。」

「哦。」我點點頭，「希望令妹早日康復。」

他看著我，臉上仍掛著笑，我下意識的摸摸臉，「我臉上有東西？」

「不，只是覺得妳挺鎮定的。」他說。

「哦。」我回頭看著棠棠，不知道要說些什麼。

事實上，沒有了謝永明之後，我跟誰講話都提不起勁，他們不夠了解我，我也不想明白他們。

這時，我的手機響了起來，一看是李曜誠，我想了幾秒後還是接了起來。

「妳在哪？」

「鋼琴家教。」

「……妳缺錢？」

「不缺。」

「那妳有病嗎？」

「你才有病，有話快說。」我的眼神還是跟著棠棠轉，看她這麼天眞快樂的模樣，好像我的憂傷不過只是過眼雲煙。

「有話要跟妳說，晚上來一趟會所。」

「嗯，晚上見。」說完，我掛了電話。

白宣譽側臉問我：「男朋友？」

「我單身，剛剛那是叛徒。」我淡淡的說。

他笑起來，忽然又神色一斂，「棠棠很喜歡妳，如果妳缺錢的話，我可以提高時薪。」

我有些詫異，他給的時薪已經很高了，「我不缺錢，一個小時八百，還隨著棠棠心情上課，太多了。」

「那妳在電話裡講到的，是什麼會所？」

他問的挺直接，我愣了一會兒才回過神。

我輕笑，白宣譽該不會以為我缺錢得去陪酒吧？不過剛剛電話中李曜誠的口氣，確實是有點逼良爲娼的味道。

我並不覺得被冒犯，只覺得挺好笑，他的耳朵眞好，隔著聽筒都能抓到重點。

「那是我朋友的店，你要不放心，可以跟我去看看。」

白宣譽半信半疑，大概是我裝得太好，看起來完全不像是個千金小姐。

棠棠這時候跑了過來，分散了他的注意力。

我想想，還是傳個訊息給李曜誠，讓他查查白家的底細。

到了晚上，我正打算離開，白宣譽卻當眞要跟我去會所看看。

不過我也無所謂，於是他把棠棠交給保母照顧，我們一起前往會所。

李曜誠早接到我的訊息，因此見到白宣譽也不意外，端著一張商人臉，很熱絡的招待我們。

白宣譽看我和李曜誠確實是朋友，因此說沒幾句話就離開了。

他一走，李曜誠的臉色就沉了下來。

「妳什麼意思？」

「你問的這麼沒頭沒尾，鬼才知道什麼意思。」我靠上椅背，「上個湯吧，我想喝。」

他瞪我一眼，讓人送了一碗海鮮魚湯進來，還附帶了好幾樣菜。

我也不客氣，直接拿起筷子就吃。

「妳知道謝永明現在過得什麼日子，妳現在過得什麼日子？」他語氣中滿是責備。

我放下筷子，「謝永明關我什麼事？」

「妳不能因為告白失敗，就不認你們之間的情分，六年的感情，妳說不要就不要？」

我笑起來，「是我不要還是他？」

「是妳！」

竟然怪我？我哂笑，「是他不讓我進入他的生活，不讓我幫他，難道我還要厚著臉皮貼上去嗎？他到底過著怎麼樣悲慘的生活，你說說看啊，讓我聽聽。」

越說我火氣越大，這些事情也要怪我？我還有別的方法嗎?!

李曜誠跟我對峙了幾秒，敗下陣來。

「好了好了，我輸了，只是一時氣不過，妳失戀之後這麼快就找到下一個男人，而謝永明卻還是每天忙著家族鬥爭，連吃頓飯的時間都沒有。」李曜誠有些沮喪，「他眞的過得不好，妳知道的，他不能輸。」

聽他這麼一說，我氣也消了。

「他還好嗎？」

「最近他大哥的動作很頻繁，聯合董事會的那些老頭，想要奪走他手上的股份。謝永明雖然沒說，但壓力肯定很大，尤其他爲了收購那些散股，手頭上能用的資金也不多，只剩表面上那個空殼好看，私底下還不知道怎麼過的。」

我喝了口茶，商業的事情我不懂，若是鬥鬥心機，也許我還能出點主意，但是……

「他還差多少？」我問。

「至少還差百分之十。」李曜誠開口。

「那我們不行出手買嗎？」我頓了頓，「雖然商業的事情我不懂，不過肯定有些搖擺不定的人吧？你從那邊下手試試看吧，你要是眞想幫他，我也只能出主意到這邊了。」

李曜誠想了一會兒，並沒有露出欣喜若狂的神情，只是點點頭，「好吧，我試試看。」

「我那邊還有些餘錢，等等讓銀行的人跟你聯絡。」我頓了一會兒，「至於謝永明，你就不用告訴他了，他不會喜歡我們兩人介入這件事的。」

其實這種事，李曜誠比我熟悉多了。

他在商場上打滾的時間遠比我跟謝永明來的久，經驗也比我多，他之所以問我，只是想測測我的心意，看看我是不是真的不打算理會謝永明。

對於他這點小心思，我沒有什麼意見。

或許還有點感謝他，要不是他，也許我還需要好一陣子才願意面對有關謝永明的事情。

離開了會所之後，我坐上計程車，到了謝永明的家外頭。

謝伯伯過世之後，他早就搬了房子，他說之前的那個家，已經不是他的家了。

這裡我來過幾次，只覺得屋子裡頭很冷清，像是一間裝潢華麗的預售屋。

我握著手機，其實只要我想，隨時都能打給他。他家的燈是亮的，原來這時間他在家。

一陣風吹來，我雙手環胸，天氣已經有些涼意。

其實我不知道站在這裡能做什麼，又不想主動打給他，這樣看著難道可以看出什麼來嗎？

我自嘲的彎彎嘴角，嘆了口氣轉身要走，卻見有個人影從大廳裡走了出來。

我不想讓人覺得我鬼鬼祟祟，但他卻開口喊了我的名字。我停下腳步，但沒回頭，我怎麼會不認得這聲音？

「文斐。」他又喊。

我低頭看看自己的腳尖，深吸了一口氣才轉身面對他。

不知道要說些什麼，我索性不開口，就這樣與他對視著。

他變瘦了，在昏黃的燈下看起來有些憔悴。

「上來坐坐？」他的聲音裡帶著一點乾澀，像是許久沒說話般暗啞。

我猶豫了一下，點點頭。

他鬆了口氣，對我露出笑容。不知爲何，我忽然有些想哭。

我跟著他走進家門，他招呼我在客廳坐下，泡了一杯熱奶茶給我。我雙手捧著杯子，感覺掌心微燙。

謝永明沒說話，在我對面落坐，就這樣一動也不動的盯著我。

「幹麼？」我終於忍不住先開口。

「很久沒看到妳了，上次見妳好像已經是上輩子的事情。」他看起來很滿足，「見到妳，眞好。」

我心裡五味雜陳，這人到底是什麼樣的心思，才能在拒絕我之後又說出這種話？

「李曜誠說你過得不好。」

話才出口，謝永明就別開了臉。

看著他抗拒的姿態，我嘆了口氣，「我不知道要怎麼幫你。」

謝永明重新把目光放回我身上，搖搖頭，「我不用妳幫忙，只是我以爲妳再也不想看到我。」

我看著他，「那你想見我嗎？」

「想。」他很誠實，至少眼神和神態看起來都是。

我放下手上的杯子，「你拒絕了我，還說這種話，謝永明，你要我做何感想？」

「我是個自私的人。」他絲毫不迴避，「但妳是我生命中唯一的……朋友。」

他剛剛那個停頓，是想說什麼？

我沉默了一會兒，笑了笑，雲淡風輕的問：「你把李曜誠放在哪裡？」

謝永明一愣，與我鬥起嘴來。

我和謝永明都很懷念這種感覺，彼此說著只有我們才聽得懂的語言，那是種不容許別人參與的秘密感。

時間很快過去，我該回家了，只是眞捨不得。

我的理智告訴我不應該繼續待著，但卻一點都不想走。

這一別，還會再見嗎？

謝永明的世界裡，已經漸漸沒有于文斐的位子，就算他永遠會在心裡留一個專屬於我的小角落；可是在于文斐的世界，卻希望謝永明能夠充滿其中。

我們的落差這麼大，還能走在一起嗎？

我笑了笑，開口說：「我該回去了。」

如果無法永遠在一起，那還是早早離開的好。

這話像是驚醒了他，謝永明看看時間，沒再多說什麼，「好，我送妳回去。」

我沒有拒絕，坐上了車，任由他帶我回家。

我們一路無語，到了我家門口，我正要下車，卻聽見他問：「妳什麼時候還有空？」

我垂下眼簾，只要是你約，我都有空。「再說吧，你這麼忙，說不定是你沒有時間。」

他輕輕嘆了口氣，「那，晚安。」

我點點頭，轉身下車，謝永明拉下車窗，我對他微笑。「晚安。」

「晚安。」

車子絕塵而去，我走進屋裡跟爸媽打聲招呼，就回房了。

洗完澡，我在床上翻來覆去，怎麼都睡不安穩，滿腦子盡是想著謝永明，和他的那一聲輕嘆。

我不懂我們怎麼會變成這樣，可是事情就是這樣了，又能怎麼辦呢？更慘的是，還沒有方法可以改善。

我掙扎了許久，還是忍不住拿起手機，傳了訊息過去。

有空一起到會所吃飯吧。

如果有李曜誠在，也許這一切的事情都能被沖淡一些，那麼謝永明的憂慮跟我的失落，也不會顯得如此明顯。

傳出訊息之後，我才總算安心睡著，隔天醒來才見到謝永明的回覆。

好。

其實，這樣就好了。

這樣的距離，也許更適合我們。

我安下心，出門上課。下課後，先到書局買了幾本和商業有關的書，然後才去棠棠家。

棠棠見到我總是很開心，但她今天好像特別的興奮，一首曲子都還沒練完，就心浮氣躁的想要出去。

我問了原因，才知道棠棠的母親今天出院，等會兒就會回來。因此我也不想逼她，既然她坐立難安，不如就讓她出來玩玩吧。陪著她到後院，我不時看著她，一邊看著剛買來的書。平常連認眞讀都看不太懂，更別說是在這麼分心的情況下閱讀了，於是我看沒幾頁就把書擱在一邊，專心的盯著棠棠玩。

雖然看顧她不是我分內的工作，但一小時拿八百元的薪水，還是要有點作爲的。過沒多久，我聽見車子開進庭院的聲音，棠棠歡呼一聲便往前門跑，我也跟著走過去，果然是棠棠的母親跟白宣譽回來了。

棠棠的相貌完全遺傳自母親，她是個很漂亮的女人，只是非常瘦，眞正一副弱不禁風的模樣。

那天我找了個理由提早離開，過幾天後白宣譽打給我，叫我在家休息幾天，想來是棠棠不想上課，我也欣然同意。

偷閒了幾天，我把買來的書看過了一回。

不得不說人果然是各有所長的，每個字我都看得懂，但是湊在一起就有點模模糊糊，合成一本對我而言簡直成了天書。

李曜誠在這之間聯絡過我幾次，說是收購股份的事情不太順利，另外還有人在跟我們競價，對方的實力摸不清楚，不知道是不是謝永明大哥那邊的人。

我皺起眉頭，想不透還有誰會做這種事情。我跟李曜誠出的價碼已經比許多人都高，誰會這麼不惜成本的和我們爭？要不是為了謝永明，做這件事本來就是血本無歸的投資。

況且連我爸都不肯出手，他知道我一定幫著謝永明，也阻止不了我，只好由著我拿自己的錢去做這件事情。

其實我的錢哪分不是從我爸那裡來的，就算我兼差教棠棠鋼琴，也不過是杯水車薪，只是他一向縱容著我而已。

現在事情的走向演變成這樣，我也不好再去找我爸。

我跟李曜誠見了一面，他在商場上打滾多年，一樣想不出有誰會幹這種事情，我這才慢慢的理解謝永明過的是什麼日子，才知道為什麼謝伯伯當初要放任著家人跟謝永明內鬥。

倘若沒有那種訓練，謝永明現在肯定是撐不住的。

我讓李曜誠聯絡謝永明，要他有空就跟我們一起吃個飯，都這關頭了，我也不想再跟謝永明鬧脾氣，如果我們能讓他稍微輕鬆一點、快樂一些，那才是朋友該做的事情。

才剛跟李曜誠分開，我手機就響了。

一看是白宣譽，我立刻接了起來。

他請我今晚去他家一趟，我有些困惑，晚上也不是棠棠的上課時間，去他家做什麼？

但我還是按照約定好的時間到了他家。

這次沒看見棠棠熱情的開門迎接，也沒有童聲童氣的叫嚷，整個家裡除了幫傭阿姨之外，空蕩蕩的像是一座空城。

我有些不安的坐在客廳，過了一會兒，白宣譽才緩緩的走下樓來。

他衣著輕鬆，在我對面坐下。

「別緊張，我只是有些事情要跟妳說。」

他一邊說著，一邊將我那天忘記帶走的書還給我。

「小朋友，遊戲不是這麼玩的，你們這是想害死謝永明，不是幫他。」

我一愣，沒想到他會這麼直接的說出謝永明的名字。

「你怎麼知道？」我驚呼，我們在做的事情，他不可能知道。

他笑起來，「因爲跟你們競價收購的人是我。」

我瞪大眼睛，無法接受。

「你爲什麼要這樣做？」怎麼可能會是他？

我咬著牙皺眉看他，但他只是笑，什麼話都不說。

想了好一會兒，我最後還是決定投降。

如果我想要幫謝永明，眼前這人是最好的救星，他甚至可能比我爸還行。

「那我應該怎麼做？」我問。

白宣譽笑了，起身走到一旁拿出一個資料夾。

「知道妳想幫他，所以已經在進行了。收購來的股份都可以低價轉賣給妳。另外，謝家老大跟地方議員有些勾結，這點我們也可以好好利用。」他抽出資料夾裡的文件放在我面前。

「很多事情不能對著幹，要繞道而行，從關係的深處進行破壞，讓一切水到渠成。」

我抬起眼看著他。

「這麼做對你有什麼好處？」

「我當然有我的需要。」他坐回原位，十指交握，一副盤算的精明模樣。

我搖搖頭，「如果你不說，這東西我不能拿。」

我的反應彷彿在他的意料之內，他從容說道：「我沒有辦法告訴妳，但是做這件事對我來說，自然有我的好處。」

我盯著他，在心中評估他話裡的可信度。

他倒是一點也不怕，悠悠哉哉的靠上椅背。

琢磨了好一會兒，我才開口：「無功不受祿，即便這件事情對你來說像舉手之勞，但要我怎麼相信你是別無所求？」

他輕笑，「收到調查報告的時候我還不信，妳眼底雖然有一股天眞，心思卻很細膩。」

這話究竟是褒還是貶，我一時之間居然捉摸不清。

他起身，替自己倒了杯酒，給我一杯茶。

「我告訴妳，我確實別有所求，不過妳現在還不需要知道，我保證絕對不會危害到妳和妳的家人以及朋友。」他很有自信，露出勝券在握的表情。

他知道我一定會收下文件，淒涼的是，我確實需要，否則謝永明就會陷入更大的危機。

「我會用市價購買這些股份。」我嘆氣，「白先生，不論你背後的動機爲何，我都要謝謝你。」

「不用客氣，很快妳就會知道爲什麼了。」他勾勾唇角，「我喝了酒，讓司機送妳回去。」

「好。」我點點頭，望著他，「你需要跟謝永明或是李曜誠吃頓飯嗎？」

他搖晃著酒杯的手停了下來，雙目灼灼的盯著我。

見他這模樣，我知道我至少猜對了一半。

「我只是猜猜。」我總算有了點把握，不再事事都受制於他。

「你是城裡新搬來的富豪，雖然我不知道你來這裡的原因，但我猜，或許你是想和地頭蛇打好關係，李家看起來好相處，偏偏是萬般不沾身；謝家又陷入內鬥，其餘幾家，包括我家都並不算是大戶，你只好藉由這件事情……」

我停下，定定的看著他，「或者說是藉著我，打入這個圈子。」

至此，白宣譽放下酒杯，收掉了臉上那抹笑。

「于小姐，妳比我想的還要聰明許多。」

◆

後來我替白宣譽穿針引線，幫他與李家父子吃了一頓飯，他們談了什麼我不知道，因爲我根本沒去。

我去的只有白宣譽與李曜誠第一次吃飯的那場。

李曜誠比我早知道這些股份來自白宣譽，所以當我提出白宣譽的要求時，他一口就答應了。

他當然比我還清楚商場生態。

那餐飯是在會所吃的，李曜誠讓人端上了滿桌的好菜，我以往若是看見他擺出這些菜色招待，也許還會調侃他幾句，原來以前招待我們的不過爾爾，這才是眞正高級的餐點。

可這次我心裡總覺得有愧於李曜誠，因此整頓飯吃下來，我都安靜無語。

不知道是不是我的錯覺，李曜誠與白宣譽也吃得極其拘束，我只聽到他們敲定了下一餐飯的時間，其他的我半句都聽不明白。

我忍不住分心想著，要是謝永明也在這兒，那會是怎麼樣的情景？

其實我並不討厭白宣譽，只是那天晚上讓他算計的突如其來，使我措手不及，才顯得恐懼，不想與他親近。

酒足飯飽後，白宣譽藉故離開。

我托著臉，看著他一身銀灰色的西裝，將他的身形襯托的更加挺拔，白宣譽舉手投足間都給人十分自信的感覺。

他宛如人間龍鳳。

只是在這之中他藏著多少不爲人知的黑暗事，我就不願意深思了。

「妳喜歡他？」

李曜誠讓人徹下空盤，換上幾盤我愛吃的小點，還有瓶香檳。

我抬頭看向他，「我要是眞喜歡他又怎樣？」

李曜誠一愣，擺擺手，「不怎樣，妳愛跟誰在一起就跟誰在一起，我不會提起謝永明是妳心中永遠的痛。」

我笑出聲，斜他一眼，這人眞是欠揍，「我與謝永明的事情已經過去了，他不喜歡我，我也不是非要他不可，平心而論，白宣譽不錯不是嗎？」

他。

高䠷帥氣、溫和有禮，他的身家背景哪一點比不上謝永明？眞要比起來，是我配不上選他不如選我。」

「妳怎麼突然肯跟我掏心掏肺了？」李曜誠挑眉，「我跟妳說，白宣譽不是個好對象，

我愣了一瞬，決定忽略最後那句話，李曜誠這人沒個正經，就是愛開玩笑。

「你說說白宣譽哪裡不好了？」我端起香檳喝了一口，側目打量著李曜誠，「你可別因爲私心，就說人家不好。」

李曜誠直勾勾的看著我，「那人的背景深厚到我什麼也查不出來，我不相信一個人會沒有過去，只有一些無關緊要的事情存在，甚至連那些事可能都是編造出來的。」

這種情況只有一個可能，他的過去是讓人一手抹去的，只有夠大的組織，才有能力抹去一個人的所有過去。

他的眼神認眞無比，「文斐，那個人，我們都惹不起。」

◆

我相信李曜誠的話。

但有時事情並不會朝我們想的方向發展。

我本來想辭去棠棠的家教，可是白宣譽說什麼都不肯，甚至讓棠棠來求我。

對著大人我還能說些藉口或謊言，但是對著一個什麼都不懂的五歲小女孩，要怎麼跟她

說是因爲自己不想和她家牽扯過多，所以才要辭職呢？

尤其她又用一雙可憐兮兮的明亮眼眸看著我，那些該說的、不該說的，全都讓我嚥進了肚子裡。

最後，我同意每天下午都來見她，陪她在院子裡玩上一會兒。

白宣譽當然樂見其成，我只能一臉挫敗對上他的含笑眼眸，忍不住抱怨了幾句：「你拿個孩子當槍使，有沒有良心？」

「這是好事，我需要愧疚嗎？」他笑著問。

我坐在他面前，棠棠已經讓保母帶去睡午覺了，「我不明白，棠棠想要什麼樣的老師沒有，我的琴藝也不是最好的，爲什麼非得要我不可？」

白宣譽像是早料到我會這樣問，噙著笑回道：「妳的氣質和我妹妹很像。」

我怔愣一瞬，這什麼意思？

他又說：「女孩還是要像媽媽的，小茹身體不好，不能常常陪著棠棠，我希望至少她的身邊能有個像她母親的女性，讓她學習模仿。」

難怪他從來不苛求棠棠練琴，也從不要求我什麼。

原來我只是一個替身。

聽到這些話，我反而輕鬆了許多。

我一直擔心白宣譽對我別有所求，就怕他求得是我付不起的，現在把話說清楚了，我心中的石頭也放下來了。

「那麼，一小時八百我還算收的便宜了。」我打趣，「這可不是當鋼琴老師而已。」

「那妳想要多少？」他伸出兩隻手指頭，「雙倍？」

我笑出聲，我哪裡差這些錢。

「倒也不用，供個餐吧，我每次下課後常常餓著肚子趕過來，附近又沒有什麼店家，老吃超商我都膩了。」

白宣譽笑著頷首，「應該的，以後讓司機去接妳吧。」

我同意了。

在這層假象沒戳破之前，我們都還得維持著自己的面具，他是個普通商人，我是個缺錢找家教的大學生。

一旦話說開，我們誰也不彆扭了。

我不想讓別人知道我家也有司機，我爸整天唸我爲什麼不讓司機接送，但現在我老闆要讓人來接送我，爲什麼不接受？要是被同學看到，我還能炫耀一番。

「不瞞你說，我早就厭煩自己搭車了。」我淺笑，靠上椅背，舒適的呼了口氣。「這次謝謝你，謝永明那邊似乎也進行的很順利。」

「利益交換而已，不用謝。」他擺擺手，「我挺喜歡李曜誠，有空可以讓他來家裡坐坐。」

「啊？」我眨眨眼睛，我又不是女主人，憑什麼帶朋友過來？我急忙扯了個藉口，「那傢伙說話沒個正經，怕把棠棠給帶壞了。」

白宣譽沒有回應，只是但笑不語的看著我。

後來，我跟謝永明吃了一次飯。

在李曜誠對謝永明說了股份來歷之後，當天晚上謝永明就立刻打電話給我，約了吃飯的時間。

這次我不想去會所吃，主要是不想李曜誠那傢伙在一旁插科打諢，到時如果又跟謝永明說什麼白宣譽如何如何，我真的怕自己會忍不住掐死他。

所以我們約在學校附近的一家咖啡館見面，他好不容易才抽空趕來，我早已經坐在位子上等他一陣子了。

時間過得很快，上次見他似乎是上個月的事了，一個月不見他，有種久別重逢的感覺。好像所有的過去回憶都已經消逝在時光裡，我們只不過是剛剛認識的朋友。

「你要喝什麼？」

「跟妳一樣。」

我招來服務生替他點了一杯拿鐵不加糖，又加點了一份三明治。

「你陪我吃點。」

我其實不餓，只是看他瘦了，就忍不住想要點些食物來餵他。

「好。」他應聲，解開外套上的釦子，往後靠上椅背。他半閉著眼，舒展的動動肩頭，我默默的看著他的動作。

我不是非要謝永明不可，可是每次看著他，都會有種莫名喜歡的感覺，彷彿這樣就能滿足心裡的渴求。

在他睜開眼之前，我已經算準了時間，把目光投向窗外。

「妳這次花了多少錢？」

我轉過頭，看他一臉正經，我笑著豎起三根手指，「小錢，李曜誠那裡是我的兩倍。」

他點點頭。

「你當我們入股就是了，好好經營吧。」我搶在他之前截走了話，就怕他說日後要還我。

還錢，是想要劃清關係；還情，你哪裡還得起？

那麼，我寧願你不提。

他一愣，只好頷首同意。

這時，咖啡跟餐點都送了上來，我隨手拿起三明治正要吃，謝永明卻開口問：「妳知道白宣譽的背景？」

來了，就知道他要問這個。

我搖頭，一點也不打算隱瞞，「李曜誠都不知道的事情，我怎麼會知道？」

「文斐，妳這是與虎謀皮。」

果然他早就知道白宣譽的那些事，會先問我不過是個緩慢的起手式，他只想知道我是不是有事情瞞著他，換個比較緩和的問法而已。

我聳聳肩，「皮也已經謀了，還能怎麼樣？」

「妳不需要爲了我……」

我皺眉，抬起手，「誰說是爲了你？」

他靜靜的等著我的下文。

「我呢，總有一天是要回去管我家公司的，就當是練習練習，你要是賺了，我就多一筆零用錢；你要是虧了，我就當學個教訓。」我說的雲淡風輕。

他無奈的搖了搖頭，「即便妳這麼說……」

「我就是這麼說了，謝永明，我們都不應該多加揣測別人的內心，有時候如果檯面上的話可以讓自己好過，就這樣過了吧。」我越說口氣越低。

我又何嘗不是這樣看待謝永明的拒絕？

不要揣測，不要猜想。

儘管他背後有千百個原因，儘管有無數的身不由己，但總歸他還是……拒絕了我。

謝永明安靜的看著我。

我別開臉，怕讓他從我的眼中看透我的心思。

我回頭，恰好看見他拿起三明治，「那就這樣吧。」

「知道了。」他低語。

我鬆口氣，淺淺的笑了起來。

他嘆了聲長氣，我側眼瞧著他。

謝永明隨即開口：「那妳喜歡白宣譽？」

才剛剛塞進嘴裡的三明治，險些被這句話噎死。

李曜誠那個王八蛋，他不說話會絕子絕孫嗎?!

我看著他，腦中一片空白，還來不及回話，他又接著說下去。

「如果妳真的喜歡他，就別錯過他。」

我屏住氣息，一種難以言喻的情緒在腹腔裡燒著。

謝永明不可能知道我現在的感覺，又說：「雖然我並不信任他，但妳還是可以把握機會。」

「不勞你費心，我自己知道應該跟誰在一起。」我衝口而出。

謝永明閉起嘴巴，用無法理解的眼神盯著我。

我很想冷靜的跟他說話，但一口氣哽在胸腔裡，讓我連呼吸都覺得難受。

你憑什麼對我說這種話？

我實在是覺得太委屈了！

忍著種種複雜感受，日日壓抑的夜不能寐，然後只換來一句叫我把握機會？說的好像你能控制一切一樣？

「我要走了。」

我再也不想跟他多說一句話，該說的也說完了。這麼委屈換來的下場，忍著不表現，不代表我不傷心。

「妳要去哪裡？」謝永明蹙眉。

我突然有股衝動很想伸手撫平他的眉心，但想想，又關我什麼事？

「去見白宣譽。」我賭氣的說。

聽見這話，謝永明抿起了唇。

氣氛凝滯。

我看的出來他也有些情緒。可是那又怎麼樣，爲什麼每次都要我先示弱？

實在受不了這個場面，就算捨不得跟謝永明分離，但這樣大眼瞪小眼，難道能瞪出什麼來嗎？

「我走了。」我站起身來，這樣下去，再多的感情都要被消耗掉了。

「妳眞的要去見白宣譽？」謝永明追問。

關你什麼事？你憑什麼問？

但我終究還是搖搖頭投降，「只是要去附近逛逛，今天已經請假了。」

「我跟妳去。」

他拿起外套就要走，我卻坐了下來，指指桌上的餐點，「你吃完吧，扔了浪費。」

他點頭同意了。餐點本來就不多，他一下就把桌面清空。

我等著，在心裡嘆了口氣。

謝永明，你知不知道你的表現就像是在吃醋一樣？

我淺淺勾起嘴角，雖然有點心酸，但也有些滿足。

可是，我就想看你這樣，這樣才能證明我在你心裡不是無關緊要。

走出咖啡館，我們到了附近書店，我買了幾本原文書跟一些文具，他則是雙手插在口袋裡，什麼都不挑，只是走在我身旁，默默的拿著購物籃，幫我提包包。

我有時會偷偷從眼角覷他，忍不住心想，如果謝永明只是個平凡人，那我們能不能過著像是正常人般的生活？現在是不是已經在一起了？

◆

但人生要不是一就是二，許多事情在揭開解答的那一瞬間就已經拍板定案。

我們心裡總有無數的預想和猜想，但在定案的當下，那些想法都已經沒有用了。

雖然無法這麼快放下，但在我心裡，卻已經試著把謝永明放在過去。

我腳踏實地的唸書，幫棠棠上課，有時也跟李曜誠吃頓飯，卻很少再跟謝永明聯絡。不過他依然在我心裡的某個角落。我偶爾會傳訊息給他，要是在路上看見了什麼有趣的東西，也會順手拍張照片傳過去。他有時回我，有時並不回。

就這樣過了半年，在我沒注意到的時候，大一生活竟然已經悄悄的過完了。

我毫無意外的拿下了獎學金，但謝永明那邊卻榜上無名。我想他是沒時間讀書了，雖然不難意料，但還是覺得有些替他可惜。

爸媽本來幫我安排暑假要出國遊學，但我實在提不起興致，他們也就不提了。

整天我都在家裡睡到自然醒，再去給棠棠上課。

小孩子長得極快，不過一年，她又竄高了一個頭。

棠棠的母親在這半年內又住院了幾次，算起來眞是在醫院比在家的時候還要多。

因爲先前白宣譽說的那句話，我趁著有次白宣茹在家時，偷偷打量了她一番。

但是，我一點也不覺得我們哪裡相像。

她是個小龍女那樣的人物，笑起來淡淡的，也從沒看過她生氣，吃的東西口味極淡，連我都忍不住想幫她撒點胡椒粉上去。

我想棠棠的性子大概是遺傳她爸爸，很是活潑聰慧。

雖然好奇，但我沒有跟這屋子裡的任何人問過棠棠爸爸的事情。

直到昨天，白宣譽急忙找我來家裡陪棠棠，因為這次白宣茹昏倒送醫的時候，棠棠就在她懷裡。

一個小孩子看到自己的母親在眼前昏倒，那得有多害怕？

白宣譽不想帶著棠棠到醫院，託付給保母他又不放心，才急忙找我過來。

我抱著棠棠坐在後院，正值盛暑，就算電風扇吹著，我跟棠棠仍然熱出了一身汗。

但她心裡不安，怎麼樣都不肯從我身上下去，我實在熱的難受，只好帶她進琴房，一次又一次的彈著〈小星星〉。

這是她會唱的歌，熟悉的旋律安撫了她，在白宣譽回來之前，她就趴在琴椅上枕著我的腳睡著了。

保母說要抱她去床上睡，但我怕一動，棠棠又要醒來，打算讓她睡的沉些。

她這樣枕著，我也無法動彈，坐在鋼琴前彈起了〈Frist Love〉。

這是少數幾首我會唱的日文歌，那齣以這首歌為主題曲的日劇我沒看，只記得怎麼彈。

我輕輕的唱了起來。

「明日の今頃には

明天的此刻

わたしはきっと泣いてる
你應該會在某處
あなたを想ってるんだろう……
想著誰吧」

（〈Frist Love〉詞曲：宇多田ヒカル）

我隨興的彈唱著，唱了一遍又一遍，最後唱的都有些荒腔走板了才停下來。

這時，身後傳來腳步聲，我還以爲是保母，沒想到是白宣譽，他把棠棠抱了起來。他臉上有些疲色，對我點點頭，我們輕手輕腳的把她放上床，一起回到客廳。

白宣譽讓人煮了點東西過來，我陪著他吃了些。

等他吃完後，我本來要離開，但他卻問我能不能陪他在後院坐坐，時間雖然很晚了，但我還是答應了。

原因無他，就因爲江湖道義。上次要不是他收購了那些股份，恐怕謝永明也沒有辦法輕易過關。

況且他對我確實不錯，身爲朋友，陪他一會兒也是應該的。

我們移步到後院，那裡有一組鐵製的桌椅，有時我跟棠棠也會在這裡坐著吃點東西。

如今明月當空，月光灑下來，氣氛頓時有些陰森，幸好天氣不冷，否則還眞是可怕。

白宣譽沉默了一陣子，我耐不住悶，開口問：「小茹還好嗎？」

「還好，老毛病了。」他忽然停下，「不好意思，我能抽根菸嗎？」

我連忙說：「當然可以。」

他點了菸，深深吸了一口，又徐徐吐出，這才露出鬆懈的神情。

雖然我不知道香菸牌子，但這菸草的氣味挺好聞的。

接著，他開始說起棠棠母親的事情。

故事很老套，只說棠棠的母親過去愛上了一個混混，年紀輕輕就跟著他私奔了，那時還年輕的白宣轡簡直氣炸了，對著她說了一句：「妳敢走，死活都別回來！」

白宣茹當時也才十七八歲，當然門一摔就走了。

說到這兒，白宣轡停了好長一段時間。

我沉默，心想著她終究還是回來了，那得要多麼踐踏自己的自尊？

「她回來的原因是那男人愛上了別人，而小茹又懷孕了。」他看著遠方，好像那邊有個令人解脫的天堂，光這樣看著就能改變過去一樣。

「不是每個壯烈的愛情故事都能有美好的結局，小茹是眞的愛他，但那男的不過是看上我們家的錢，他以爲我怎麼樣都不會棄小茹不顧，所以才帶她私奔，沒想到不到一年，那男人就沒有耐性了。」

「眞應該找人弄死他！」我脫口而出。

「他是死了。」白宣轡吐出一口煙，斜睨我一眼，伸手敲敲我的額頭。「什麼表情，不是我弄的，那種小混混每天橫死街頭的還少的了嗎？」

「哦……」我還眞以爲就是你下的手。

他淺淺笑起來，「妳就跟小茹從前一模一樣，眼神裡總有些褪不去的天眞。」

這話倒底是褒是貶，我還真分不清。

「那她爲什麼回來？」

「因爲小茹難產，醫院的人在她手機裡找到我的電話。」他頓了頓，「從那之後，她的身體就沒有好過。」

我點頭，見他點起了第二根菸。

「這根抽完就別抽了，對身體不好。」

他看我一眼，輕輕頷首。

我們就這樣對坐著，直到他抽完。白宣譽將最後的火花捻滅在菸灰缸裡，站起身從懷裡掏了個東西扔向我。

我下意識的接住，才發現是個菸盒，黑色的菸盒在月色下反射出銀白色的光芒。

「我不抽菸的。」我搖了搖，裡面大概還有一半的菸吧？

「我答應妳了。」他說。

月光下的他，眼睛看起來非常明亮，「菸讓妳保管。」

我躺在床上輾轉反側，想著這到底是什麼意思？

他就算把菸盒扔給我，還是可以再去買啊？我也沒放在心上，沒想多久，就睡著了。

隔天，我是讓人壓著喘不過氣才驚醒的。

「老師，起床吃早餐。」

一睜眼就看見棠棠的臉湊在我鼻尖，險些沒嚇死我。

我伸手抱住她，一個翻轉把她輕輕摔在床上。

棠棠有些錯愕，躺在床上像隻可憐兮兮的小動物，我一時有些心疼，想起小時候我爸都是跟我這樣玩的，而她卻從來沒人陪她這麼玩過……

我呵她癢，把她逗的哈哈大笑、頻頻求饒，然後讓她在床上待著，等我盥洗完後，帶她一起下樓。

白宣譽早就坐在桌邊，他昨晚不知道幾點才睡，但仍然精神奕奕，不像我即使刷過牙洗過臉，依舊呵欠滿天。

我伸手討了一杯咖啡，棠棠一臉好奇的看著我，用一種發現新大陸的口氣說：「老師好沒精神唷。」

我笑出聲，還要妳說？

「吃飽我就有精神了，肚子餓的時候都會這樣，對嗎？」

她很認真的點頭，用叉子插起自己盤子裡的章魚小熱狗，湊到我嘴前，我抗拒不得，只好張口吃下。

整個早餐時間，白宣譽都坐在對面，笑吟吟的看著我們。

我突然明白了他的想法。

他肯定在想，如果當初他沒有對白宣茹撂下那句狠話，也許早在她被拋棄時就會回來求助，而後好好待產，健康的生下棠棠。

而不是挺著個肚子，四處打零工，因爲過勞和營養不良導致早產和難產。幸好棠棠從小就讓白宣譽嬌養著，沒有跟白宣茹一樣落下一身病，這也算是不幸中的大幸了。

吃完飯後，我打了通電話回家，差點沒讓我爸罵到手機燒了。

就算報備過我要來白家，但他們仍對我徹夜未歸感到擔心跟憤怒。

最後，還是手機沒電解救了我。

白宣譽把我爸的怒吼聲聽得一清二楚，對著一臉委屈的我笑了起來。

我惱羞成怒，抓起沙發上的抱枕往他身上扔，「笑什麼，要不是你，我這時候還在家裡睡覺。」

他不閃不躲，接下了抱枕，「是我不好，晚點我跟妳回去道歉。」

他這樣說我眞不知道該怎麼回應，我是來工作，又不是跟男人鬼混，他不跟我回去還好，一回去我豈不是跳到黃河也洗不清了？

只是，他都低頭了，我怎麼好繼續發脾氣。

「不用了，讓棠棠去我家露個臉，證明我眞的有這個學生就行了。」我嘆道：「我找李曜誠吧，等會兒我跟他一起回去，我爸看在他面子上，應該不會對我太狠。」

白宣譽沒什麼意見，我跟他借了手機打給李曜誠，他卻說在開會，問我能不能晚一點，我想了想，就叫他到醫院接我。

反正現在我也沒事，乾脆去探個病。

◆

跟李曜誠認識四年，我從來沒見過他對哪個女孩子動心。

好像他所有的時間，都被工作跟唸書塡滿一樣，要不是我跟謝永明的家世不錯，恐怕他也不願意跟我們相交至此。

我曾問過他怎麼都沒有喜歡的人，他只是笑而不答。

所以關於他感情方面的事，我至今仍摸不清。

後來才知道，不是沒有，只是還沒遇到。

那天他的會議提早結束，我問過白宣譽之後，就讓他直接來病房找我，那是他第一次見到白宣茹。

匆匆一面，沒想到他居然就喜歡上了人家。

我百思不得其解，原來世界上眞有一見鍾情這種事情？

我暗自觀察著白宣譽的態度，發現他並沒有我想像中緊張。

好像和我想的不一樣啊？

我耐不住性子問了白宣譽，他只淡淡的說：「只要她喜歡就好。」

也是，就連我都看得出來，白宣茹不只是身體不好，整個人看上去也很抑鬱，大概有點憂鬱症。

如果李曜誠能夠激起一些火花，也總比沒有好。

只是這樣我就要爲李曜誠擔心了。

我苦苦思索了幾天，還是傳了訊息問謝永明的意見。

其實我也不明白，爲什麼當我每次特別脆弱，或是遇上無法理解的事情時，就會想找他？

謝永明就像是我生命中的最後堡壘，不管發生什麼事，只要找他，所有問題彷彿都能迎刃而解。

我隱約聽李曜誠說他手上還有許多公司的事要忙，反正我也聽不懂，他不要我管，那我就不管了。

傳了訊息後，我有些忐忑，我們煩惱的事情已經不在一個水平上了，他還會願意理我嗎？

我坐立難安，乾脆扔下手機走了出去。

在客廳看了一會兒電視，又走到陽台上透氣，一低頭，卻看見白宣譽站在底下朝我招手。

我還以爲自己眼花了，他沒事站在我家樓下做什麼？

我也不顧整理儀容，踩著拖鞋就奔了出去。

他手上拿著花，穿著剪裁合身的西裝，笑咪咪的說：「我在路上買了一束花，本來想拿去插在小茹的病房裡，沒想到去的時候李曜誠已經在了，我不想打擾他們，就拿著花過來了。」

我想像他抱著這束百合走了一路，就忍不住覺得好笑。

「所以是要送我嗎？」我笑著問。

「當然，這就是我來的目的。」他把花遞到我面前，「剛剛打給妳沒接，我正要離開，妳就走出來了。」

「手機放在房間裡充電。」不想跟他解釋太多，我抬頭看了看豔陽，「你要不要上來坐坐，休息一下？」

「好啊，正好想喝杯水。」他不疾不徐的說。

我笑了笑，帶著他進門。

這時間我爸媽剛好都不在，我倒了杯水給他，他也沒說什麼，只是一臉笑意的喝著。

「你心情很好？」

「嗯。」他絲毫不否認。

「讓我猜猜。」我偏著頭，「小茹對李曜誠是不是也有點意思？」

他雖沒說話，但唇邊的笑意加深，也等於間接回了我的話。

◆

李曜誠與白宣茹開始約會，我跟白宣譽也開始約會。

棠棠有時跟著李曜誠，但大部分的時間還是跟著我與白宣譽。

我們都不願意白宣茹好不容易得到的幸福，因爲棠棠而有什麼閃失。如果他們眞有未來，棠棠也會是其中的一分子。

但是白宣茹的身體那麼差，能夠跟李曜誠好好的坐在客廳裡聊天，已經算是很好的狀態了。

我每每見她，都覺得自己還能再瘦個三公斤以上，怎麼捨得再讓棠棠去打擾她？

於是，我開始帶著棠棠出去玩。

白宣譽大部分的時間都會跟著我們，要是沒空，也一定會讓人跟在我們身後，不過我也不介意，畢竟他們要保護的人並不是我，而是棠棠，要是她有什麼閃失，我可賠不起。

棠棠看我沒有什麼反應，也就覺得這些事情是正常的。

其實孩子都是這樣，只要大人穩定，他們就會跟著安定。

我們走過大街小巷、公園的樹蔭底下、書店，有時穿過重重人潮時，他會一手抱起棠棠，一手牽著我。

我應該在第一時間就甩開的，但是我沒有。

大概也是想證明，不是我不夠好，只是謝永明不喜歡而已。

瞧，這不還有一個男人，而且是這麼優秀的男人喜歡我嗎？

於是我們牽手的時間越來越長，但我心裡卻有一塊角落越來越清明，而且寂寞苦寒。

他什麼也沒對我說，我也沒問。

我開始跟著他出入宴會場合，在華麗的廳堂裡吃著高貴的歐式自助餐，看著那些名媛淺笑低吟的交談著。

去的場子多了，圈子裡開始有些流言蜚語，說于家爲了發展，讓女兒甩了謝家小少爺，攀上白宣譽。

我聽了只覺得哭笑不得。

這圈子就是這樣，有利益時親的像是一個娘胎出來的，利益衝突的時候，彷彿你和他們有什麼血海深仇一樣。

尤其白家這麼有錢，白宣譽又這麼優秀，絕對很有拉仇恨的本錢。

我從侍者手上拿了杯香檳，走到陽台上吹吹風。

除了謝伯伯家的餐聚，我以前幾乎沒有來過這種場合。我爸從來不帶我參加宴會，只說無益身心，不如留在家裡看電視。

我現在才知道，我爸說的是眞的。

從夏天開始直到聖誕節，這期間我吃了無數的龍蝦，喝了無數杯香檳，卻什麼記憶也沒留下，想起來還是高中時期跟謝永明賴在我們的秘密角落，吃著學校難吃的熱狗的畫面最令我印象深刻。

我雙手撐在欄杆上，外頭天冷，我身上只圍了一件假皮草，但又不想進去屋裡，只得在這裡吹著冷風打哆嗦。

我忽然覺得自己窩囊無比，謝永明我抓不住，面對白宣譽我又虛榮的甩不開；縱使聽不下裡頭那些人說的話，我也從沒爲自己做出任何實質努力去改變些什麼。

好歹我也可以去潑她一臉香檳，然後罵道：「我高攀？妳還攀不了呢，雜草。」

但我最終只選擇站在陽台上吹風，天氣這麼冷，明天肯定會凍得發燒。當我正看著遠方時，身上忽然披下了一件長外套，碰上我的小腿肚。

我以爲是白宣譽，回頭一看，卻是久別重逢的謝永明。在這裡遇見他，我並不意外，或者說，我一直期待會在這些宴會裡看見他的身影，因此我才不停穿梭在這些杯觥交錯之中。

我們有多久沒見了？

似乎是從李曜誠喜歡上白宣茹的那天開始，我就沒有再見過他。

「一個人在這裡吹風做什麼？」他問。

問的無比自然，彷彿我們不曾相隔這麼久的光陰沒有見面一樣。
「不想進去。」我的聲音緊的像是讓人扼住頸子。
「不想聽那些話？」他一針見血的問。
我瞪他一眼，「你眞是哪壺不開提哪壺，從來就不怕刺痛我。」
「難道我不說，那些流言就不會存在了？」他靠上欄杆，許久不見，他的氣色比以往好多了。
「我們難得見面，你就非得這樣對我說話？」我毫不客氣的翻了個白眼。
「確實是許久不見。」他頷首。
我隱隱感覺到我們之間已經有些什麼跟以往不一樣了，卻又覺得好像回到了第一次見面的時候。
「最近好嗎？」我問。
他定定的看著我好一會兒，我詫異的問：「我臉上有東西？」
「不，」他停了幾秒，「我忽然有點理解了妳的感受。」
什麼跟什麼？話還沒出口，我就想起了跟他告白的那一天。
「不好意思，我以前任性了點。」我笑出來，對他搖搖頭。
「現在呢？不任性了嗎？」他笑著問。
我偏著頭想了想，認眞的說：「還是任性的。」
只是要看人，有些人能包容我的任性，有些人不行。
這時，大廳裡頭響起了一首華爾滋舞曲。

「要跳舞嗎？」他對我做出了邀舞的姿勢。

我把手搭上他的手掌，「行啊，如果你不嫌我舞技太差會踩斷你的腳趾，我也沒什麼好怕的。」

他笑了出來，我已經太久沒聽見他的笑聲，頓時有些怔愣。

謝永明的手放在我的腰際，輕輕將我拉進他的懷裡，剎那間我的鼻腔充滿了他的氣味。那是一種淡淡的，好聞的古龍水味道。

他領著我跳，好幾次我踩到他的腳，他也一副不要緊的樣子。

「你怎麼知道我在陽台？」

和他這樣相擁著實尷尬，我們倆貼的這麼近，也許他會感覺到我的心跳正在加速，於是我只好嘗試說點話來緩和緊張的氣氛。

「妳一進會場我就看到妳了。」我貼在他的胸口，居然分不太清楚他的聲音是從胸口傳來的多些，還是從頭上傳來的多些。「但妳有男伴，我也不好意思上前打擾。」

「有什麼不好意思的？」

他沒有回答。

「你還沒有回答我。」我偷偷的把頭靠在他胸口，唉，明天不知道又要有多少流言蜚語了。

可是，這一刻我居然感到如此滿足，可以說是一整年以來，我最幸福的時光。

音樂慢慢的停了，我仍然貪心的汲取他的溫度，在他身上多靠了幾秒鐘，現在正是我求而不得的時刻。

直到白宣譽的聲音從我身後傳來：「文斐。」

他喊我的口氣，像是在叫白宣茹一樣溫和。

我離開謝永明的懷抱，身上還披著他的外套，像是不曾離開他身邊。

但下一瞬間，身上的外套就讓人抽掉，我錯愕的看著謝永明，接著打了個大噴嚏，身上隨即又落下另外一件外套。

撲鼻而來的又是另外一種氣味，我天天嗅著，卻一點感覺也沒有，和謝永明一比，我才知道他們之間有多麼不同。

我站到他的身邊，看著謝永明，他已經變回一副面無表情的模樣，看起來高深莫測。

「久仰。」白宣譽先對他伸出了手。

「久仰。」

謝永明如今就像是個標準的商人，冷漠淡然，有禮卻生疏，臉上沒有什麼情緒，目光卻亮的嚇人。

他們倆問候了幾句，都是些不著邊際的場面話。

我覺得無趣，轉身想走進大廳。

謝永明這時候卻說：「文斐是我這輩子最好的朋友，如果她受了委屈，我不會置身事外。」

我詫異的回頭，不明白他跟白宣譽說這個做什麼。

白宣譽的反應卻比我快的多，「回頭我處理。」

處理什麼啊？

謝永明看了我一眼，我一點也不明白他講這些話是什麼意思，他卻已經轉身走進大廳。

我瞪著他的背影，巴不得能從他身上戳出洞來，好看看他內心到底在打什麼啞謎。

可惡，我已經看不清這傢伙心裡的想法了，莫非商場當眞險惡至此，讓我的知己好友就連對我都拉上了一道簾幕？

「妳想跳舞怎麼不找我？」白宣譽伸手攏緊我身上外套的領口，這才暖了一些。

他就這樣輕描淡寫的把事情帶了過去。

我搖搖頭，「剛好聽見，就隨著音樂跳了一曲。我想回家了。」

他牽起我的手，「回哪個家？」

我笑了，「當然是我家，我還有份報告要交，你忘了嗎？」

「記著呢，所以才來找妳。」

我們閒聊著一些無關緊要的事情，假裝剛剛的場景與自己無關。

回到家，我換下一身華服，窩在沙發跟爸媽一起看了會兒電視，他們當然知道我這陣子在忙些什麼，但也不怎麼管我，只說要是我開心就隨我去。

我也不知道這些日子過得開不開心，但至少並不覺得討厭。

其實，我也可以選擇跟白宣譽一直這樣下去，我看得出他對愛情並不積極，雖然他喜歡我，但比起愛一個人，他更像是在找一個能陪他在人生道路上行走的夥伴。

不過也好，我們相處起來就像是普通朋友，互相尊重，誰也沒有對另外一方有更多的要求跟期待。

只是我沒想到，他會爲了我的事情，下這麼重的手。

◆

聖誕節之後，我就忙著期末考跟報告，沒什麼時間再去這種宴會，但也不覺得空虛，我的時間都讓課業給填滿了。

後來，宴會場上的流言也已經換了一波。

其實這種場子從來不缺漂亮的女人。

不管是眞千金還是假貴婦，人人都可以手拿名牌包，頂著剛剛墊過的鼻子或隆過的胸部，皮笑肉不笑的在場子裡嬉笑怒罵。

基本上我跟她們沒什麼交情。

這天，她們在我跟白宣譽進入會場時，對我熱情的打招呼，雖然心裡有些不解，但也沒放在心上。

等到白宣譽離開，她們就走過來恭賀了我一番。

我正一頭霧水，她們卻一搭一唱的說，那些散布流言的人都讓白宣譽起了底，翻出他們過去曾經做過哪些見不得人的荒唐事。

越是那些張牙舞爪的，背後越有無法告人的過去。

其實我並不在乎那些人有什麼過去，只是不懂，白宣譽明知道這些流言久了也就沒人會當眞，又何必出手做這多餘的事情？

忽然間，我靈光一閃，回想起那天謝永明說過的話。

原本以爲謝永明是在警告白宣譽，沒想到他只是不想讓傷害我的流言在圈子裡流傳。那麼，他臨走時看我那一眼又是什麼意思？

我還在思索，又聽見她們說那些名媛背後的金主也都多少受到了影響，有的人生意出了問題，好一陣子沒看見他們了。

這我就眞的不理解了。

我藉故離開，找到了正在跟人閒聊的白宣譽。

他見我站在一旁，跟那人打了聲招呼就朝我走來，「怎麼了？」

「我有點事情想問你。」

我拉著他走到戶外，問了他爲什麼要這麼做。

他有些無可奈何的看著我，「斐斐妳是在怪我嗎？」

我搖頭，「沒有，只是好奇，爲什麼要爲了我這麼做？」

「妳不值得嗎？」他反問。

我愣了一瞬，不知道該怎麼回答。

「我想保護妳。」他伸手抱著我，他的懷抱雖然溫暖，卻一點也沒有謝永明給我的那種悸動。

「謝謝你，可是我……」

「噓，別說話。」

我困惑的安靜下來，等了半晌，他卻只是靜靜的維持姿勢抱著我。

「斐斐，留在我身邊，我會一輩子保護妳。」他說。

「我們現在不是已經在一起了嗎？」我閃躲著他的問題。

我知道如果留在你身邊，我的人生會過得很平順，而且一生無憂。

但是我不行，我不能騙他，更不能騙我自己，這一刻我還不能答應他。

白宣譽又怎麼不知道我在閃躲，但對我依然是一貫的溫柔，他鬆開了懷抱，雙手扣著我的後腰。

「除了這個，妳沒有什麼想要問我了嗎？」

「當然還有。」我笑了笑，仰頭看著他，「回去再問。」

◆

但他如果這麼容易讓人拿捏，哪裡撐得起背後那一片江山？

白家如今已經是城裡人盡皆知的富豪，財產雖然沒有精算過，但當數字大到一個程度的時候，確切的實質數目是多少已經沒有意義。

所以，才會有我想要攀高枝的傳言塵囂甚上。

之後的宴會，我再也沒聽見人說我什麼，幾乎所有人看見我都是笑吟吟的，讓我回禮回的臉都僵了。

他們表面上這樣對我，但私底下怎麼想，誰又管得著？怎麼算白宣譽都是虧了，他不只得罪了人，更沒換到任何好處。

我暗自覺得好笑，謝永明，你這招真是殺人不見血。

白宣譽對外是我的男朋友，讓人當面丟了這句話，他就是不想出頭也沒辦法。

憑他的個性要不就不出手，只要出手就絕對不會客氣，甚至會做出更多的事情來。

謝永明想護我，又不肯自己出手，事情發展成這樣，不僅完全合他心意，還讓他對白家的實力有了底，怎麼算他都是最大贏家。

這才是他那個眼神裡的含意。

眞狠，把我推到風頭上，最後一刻才護我下來。

可我卻一點也不怪他，在這種環境下，他若眞的不顧自己，只顧著保護我，那就不是當初拒絕我的謝永明了。

宴會後，白宣譽依照慣例送我回家，在我家門前他熄了引擎，還以爲他有什麼話想說，沒想到他已經推開車門下車，拉著我的手進了家門。我還一臉傻愣著，他已經帶著我走進客廳了。

「歡迎。」我爸爸一身正裝，像是等了他許久一樣。我媽站在一邊笑，想來是我臉上的錯愣實在太明顯的緣故。

白宣譽鬆開我的手，跟著我爸進了書房。

「他早跟妳爸有約，妳不知道？」媽媽已經端了兩杯熱茶出來。

我搖頭，愣了會兒才回過神跳起來，「你們幹麼不告訴我？」

「我們以爲妳知道。」

我盯著她，看看妳臉上的笑，這話太假啦！我身邊怎麼總是充滿著想算計我的人？

「我跟妳爸都想知道他是個怎麼樣的人。」她這才說了實話。

我頷首，又聽見媽媽問：「妳是眞的喜歡他嗎？」

我喝了口茶，「我不知道，他挺好的。」

恐怕在愛情裡，這並不是最好的答案。

如果一段感情，最後只落得了一句「他人不錯」，那大概也沒有什麼繼續談下去的可能了。

「我很喜歡他，」我只好補充，「只是，其他的部份好像還差了一點。」

媽媽伸手順了順我的頭髮，「沒關係，妳還年輕，慢慢來，家永遠在這兒。」

只是我從沒想過，永遠這兩個字，竟然如此短暫。

白宣譽跟我爸談了半個多小時就出來了，他跟我說了些話，豪不客氣的在我爸媽面前握了握我的手才離開。

他離開後，我爸先去換了身輕便的衣服，對我說：「這人不錯，可以繼續。」然後就回書房了。

媽媽接著叨叨絮絮的對我說了不少，其實她要說的我都知道，但是聽聽也沒什麼不好。

她說了一會兒，忽然天外飛來一筆，「妳知道我們過幾天要去泰國吧？」

我在腦海中想了下，才想到這行程很久之前就定了，本來我也要去的，但又對泰國沒什麼興趣，所以拒絕了。

「這時節去泰國不錯啊，不會太熱。」

我們開始聊起泰國的事情，直到她打了個呵欠，我們的談話才告一個段落。

我回房洗完澡，看見手機有白宣譽傳來的訊息，我回傳給他後，他馬上就回電了。

他先為瞞著我和家裡約好見面的事道歉，之後我們聊了一會兒才互道晚安。

其實我一點也不在意他瞞我，他本來就不需要事事對我秉報。

我握著手機琢磨一會兒，倒是發了訊息給謝永明。

「這招太陰了。」

過了一會兒他回：

「否則配不上妳。」

我先愣了一下，隨即笑彎了嘴角，謝永明，你說的這麼直接，難道不怕我想歪？那我就乾脆歪到底吧！

「你好意思說，明明就是想探人家的底，偏這樣害我。」

「妳現在才發現？安逸的日子過得太久了？」

我笑出聲，不再回訊息。

如果可以讓自己輕鬆些，我眞想選白宣譬，可是，只有在跟謝永明在一起的時候，我才能打從心底感到愉快。

不論他在不在我面前，都不要緊。

我關了燈，慢慢睡去。

寒假開始沒幾天，我已經對宴會煩膩了，吃了過多的西式料理只讓我一陣一陣的胃疼。這天，我婉拒了幾場邀約，待在家裡吃我媽煮的菜，跟她聊天；然後陪著他們到了機場，送他們上飛機。

回家沒多久，我窩在客廳裡，百無聊賴的轉著頻道。一轉進新聞台，就看見新聞播報飛機失事的消息。

我腦中瞬間一片空白，渾身發冷，深深的吸了幾口氣，顫抖著打電話給旅行社。但怎麼打都是忙線中，心裡的不詳預感越來越強烈，連忙又打給我爸的秘書，他還不明白發生什麼事，我告訴他這則新聞，強忍著恐懼問他班機號碼，他也嚇傻了，連忙從訂票紀錄裡找出號碼告訴我。

我一個字一個字核對著新聞上的數字。

一模一樣。

怎麼會一模一樣?!

怎麼辦？怎麼辦？

謝永明，我要怎麼辦？

的。

我想也沒想的就打了他的手機，他的號碼我一直記在心裡，全世界我只記得我爸媽跟他

可是現在，我只能打給他了。

這世界，是不是只剩下我一個人了？

第三章

其實，我也不過就是圖個不後悔而已。

我的戶頭多了一筆錢，是航空公司的賠償；忽然間我變成了一個女富豪，也成爲我家公司的繼承人。

可是我不要這些錢，要是這些錢可以買我爸媽的命，無論是雙倍或三倍，我都願意付。

我打給謝永明的時候，他正在上課，據說是某一堂課的重修。

他後來跟我說，那時我雖然沒哭，可是說話顚三倒四的，根本就沒有邏輯，他一聽就知道出了大事，急忙趕到我家裡。

我替他開了門之後，就直直的昏倒在他懷裡。

是他替我爸媽辦了告別式，買了兩個極好的風水寶地，然後拿著我的授權書，光明正大走入我家的董事會，把所有董事都安撫好，聲明于家公司不會因此受到任何影響。

那些董事居然就這樣讓謝永明安撫下來，一點也不鬧。

這些事都是我後來才知道的。

我成天什麼也不做，只是躺在床上，反覆看著窗外的天色從黑到亮，又從亮到黑。我以前從沒發覺原來爸媽對我來說這麼重要，原來我曾鬧著脾氣的事，竟是如此微不足道。

他們走了，我的世界瞬間崩塌。

崩毀的一絲不剩，徒留廢墟。

接著，過年了。

據說家裡有喪事，過年不能慶祝。

我還能跟誰慶祝？

這期間白宣譽來過許多次，跟我說了很多話，但我記不太清楚。

自從爸媽過世之後，我對很多事情都記不得了。

我的記憶開始清晰，是謝永明把我從床上抱起來，讓我坐在餐桌邊，叫我吃飯的那天。

盯著滿桌子的團圓菜，我一點都不餓，肚子卻叫了起來。

這一聲腹鳴像是個開關一樣，使我不太清楚的神智瞬間清醒了起來。

他盛了一碗飯，連同筷子塞進我的手中。

「文斐，我們要吃年夜飯了。」

他溫柔的說著，我的目光慢慢在他臉上聚焦。

「以後年年我們都一起吃團圓飯。」他又說。

他的話還沒說完，我已潸然淚下。

以後，就只剩下我們兩個人了。

我麻木的把飯塞進嘴裡，前些日子都不知道怎麼過的，這是我吃下第一口有味道的飯。

熱騰騰的飯碗暖著我的手，我一口一口的吃著，沒吃多少就吃不下了。

「你怎麼在這裡？」

我的聲音聽起來像生了重病，低沉又喑啞，連多說一個字都要耗盡全身力氣。

「妳這麼渾渾噩噩，我不放心妳一個人。」

我頷首，看著這間屋子。

家裡的每個角落都有熟悉的畫面，我好像還能見到爸媽在屋子裡的各個角落活動著，就像以往一樣。

「我想搬家。」

「好，妳要搬到哪裡？」他一口應允，「我找房子給妳。」

我想了許久，搖搖頭，「我不知道該搬到哪裡，但我要搬家。」

「那就搬到我家的空房吧。」他說的一副理所當然。

我沉默了一會兒，「好。」

我不想一個人，暫時還不想。

他起身收拾桌面，我看著他，心痛的說：「謝永明，我變成孤兒了。」

當天晚上我收拾些隨身行李就搬到他家去了，缺的其他東西，再買就好。

整個年節我們都在一起，但我仍舊是躺在床上發呆的時間多，下床的時間少。謝永明有時會陪我坐在床上，跟我說一些話，但大多時候，他只是把公文拿到我旁邊批閱。

這段期間他不厭其煩的照顧我，容許我想睡就睡，想發呆就發呆；直到年初五的早上，他必須回公司主持開工，才把我叫醒。

「文斐，該醒了。」

我睜開眼睛，看著他一身正裝坐在床邊。

「幾點了？」

「八點十五。」

「哦。」

我坐起身，謝永明卻一動也不動。

我不解的看著他，他卻伸手摸摸我的頭，「該醒了。」

我霎時明白了他的意思。

「我幫妳辦了一年休學，妳可以留在家裡，或是去上一些有興趣的才藝，想吃東西就打電話去會所點，他們會外送過來。」

他很溫柔的替我把凌亂的髮絲順妥，「或想換個髮型也可以，要是妳想按摩，需要什麼SPA館的資料，回頭我讓秘書替妳找。」

「嗯。」我不知道我需要什麼，但我知道謝永明不會允許我這樣無止盡的頹喪下去。

「我知道了，你走吧，我自己會找事情做。」我掀開被子，迎面而來的低溫冷的令我縮了縮肩頭。

他把被子蓋回我身上，「晚上我就回來，桌上已經準備好早餐，妳等會兒去吃點。」

說完，他把掛在一旁架上的外套披在我肩上。

「我出門了，妳自己小心。」

謝永明離開之後，我坐在床上又發了好一會兒的呆，最近睡眠時間太長，我的時間感已經有點失去了準確性，等回過神來，又是一個小時過去了。

我披著外套走到廚房，桌上擺著早已冷掉的火腿蛋土司，咖啡壺裡倒是還有不少熱騰騰的咖啡。

我把土司拿去微波，倒了杯咖啡。

手機這時響了起來，我東翻西找了一陣子，最後才在房間的床頭邊找到。

打來的是謝永明，在我找到手機接起來之前，他一直鍥而不捨的打著，鈴聲幾乎沒有停過。

「喂？」

「把手機放在身邊。」

「啊？」我無法理解他打了這麼多通，只是要跟我說這句話。

「我想妳大概也不記得手機放在哪裡，順便幫助妳找它。」他不疾不徐的說。

「哦……」我頓了一會兒，「謝謝。」

他在那頭輕笑，隨後嚴肅的說：「快點恢復正常吧，于文斐。」

我沉默，不是我不想，只是不知道應該怎麼做才能痊癒成像是我爸媽還在這世界上一樣。

「不是只有妳是孤兒，我也是。」他壓低的聲音帶著些磁性，「妳們家的公司我暫且替妳管，日後等妳打起精神，有興趣了，我就還給妳。」

我應了聲，「謝永明，謝謝……」

「我們不需要計較這些，只要妳快點振作起來就好。」他的聲音聽起來是肺腑之言。

「我會努力。」我只能盡力承諾。

我不太確定在那之後過了多久，李曜誠帶著白宣茹來了。

見到他們我才忽然想起，還有一個白宣譽。

他們在客廳坐下，謝永明還沒有回來。

我們三人沉默了一會兒，李曜誠先開口了。

「妳還好嗎？」

「如你所見。」我倒了兩杯咖啡，才猛然想起白宣茹身體不好，不知道能不能喝。

她看上去仍然一如往常的蒼白纖瘦。

「棠棠好嗎？」我問。

「很好，只是常常問妳什麼時候回來幫她上課。」白宣茹的聲音輕輕的，像是微風吹過湖面，僅僅激起一絲波瀾。

我點點頭，頓了一頓，接著問：「那……妳哥好嗎？」

「很好，自從妳搬家之後，他一直想見妳，但總被擋在門外，有點……不開心吧。」

白宣茹說話的時候，臉上依然沒有什麼表情，我一點也猜不出她的想法，她的反應像是這件事發生的理所當然，又像知道我本來就會有這些舉動一樣。

我的腦子慢慢轉動了起來。

「對不起，謝永明實在不喜歡生人，我前陣子又渾渾噩噩，一定是他交代警衛任何人都不準進，要不是李曜誠先跟謝永明報備過，這時間他又不在家，你們肯定也是被擋在門外。」

李曜誠頷首，看了白宣茹一眼，轉頭問道：「妳到底是怎麼回事？我還以爲妳跟白大哥在一起了，怎麼一出事，妳就只記得謝永明了？」

他問的一針見血，讓我閃避不及。

我看了看白宣茹，她卻像是沒事人，好像我們談論的對象不是她哥一樣。

「我比你還想知道答案。」我嘆了口氣，「對不起，我不是故意的，但我是應該找個時間跟妳哥說清楚了。」

白宣茹清澈的眼眸直直的看著我，「妳不需要跟我道歉，也不需要跟我哥道歉。」

「啊？」

「妳只是不愛他，這不是妳的錯。」

白宣茹的話在客廳裡盤旋，異常清晰。

「但我覺得妳還是要去道個歉，把話都講明白，妳還記得很久之前我跟妳說過的嗎？」李曜誠故意不把話說出來，「對了，妳要吃什麼儘管打電話去會所，謝永明早放了一筆錢在那裡，還聘了個工讀生，專門幫妳做外送服務。」

我一愣，沒想到這是他的主意。

「你有沒有朋友道義？還跟謝永明拿錢？」

「妳才有沒有朋友道義，我開會所不用成本啊？這都要黑我？」李曜誠回的極快，一點都不假思索。

我笑出聲，李曜誠鬆了口氣。

「我本來還怕妳的情況很糟，但現在看來，謝永明把妳照顧的很好。」

我翻了個白眼，「李曜誠，你把我說的像是某種植物或是寵物……」

「那還高估妳了，妳有植物不惹事，有寵物療癒嗎？」他又回嘴，「反正事情就是這樣了，妳自己看著辦。」

他跟白宣茹走後，我回到房間，站在鏡子前看著自己的模樣。

糟糕透了，于文斐。

李曜誠說得沒錯，我還沒植物不惹事。

晚上我跟謝永明說了這件事，他抬頭看著我，「需要我陪妳去嗎？」

我咬著筷子，遲疑了好一會兒才搖頭，「我自己去吧。」

他皺起眉頭。

「我現在住你家，你也一起去的話，好像有點……挑釁。」我解釋。

他依舊緊擰著眉心，但同意了我的說法，「我讓人送妳去，進去之前、之後都要打電話給我。」

這……我是要去提分手沒錯，但不至於弄成這樣吧？

謝永明看我一臉小題大做的表情，放下手中的筷子，「妳跟白家混了這麼長時間，摸透人家的底了沒有？」

我尷尬的摸摸臉，「沒有。」

老實說，我對他根本就不上心，要是有點利益關係，恐怕我還會願意花點心思在上頭，但我確實是個沒有良心的人，跟白宣譽在一起時只想著玩樂。說得好聽點，是我根本不在乎他家的錢與權；說得難聽點，就是我對他默不關心。

謝永明一點也不意外，起身走進書房，我追了上去，見他從抽屜裡拿了一份文件出來。

「這些是白宣譽少數還能查到的資料。」

我接過，牛皮紙袋裡只有薄薄的幾張紙，我一看，眞有些嚇傻了。

原來他們是南方的黑道，而且不是小打小鬧的那種。

我忽然想到白宣茹的故事，難怪那時候的白宣譽會這麼憤怒。

「那他現在是洗白了？」

「誰知道？」謝永明壓了壓眉心，「妳眞是天生的惹禍精，誰不好惹，偏偏惹了個這麼難處理的。」

我乾笑，這號人物還眞的是挺麻煩的。

「我先去好好的跟他聊聊吧，總是要誠懇點才不會激怒人家。」

謝永明重重嘆了口氣，「也是該去了，否則再拖延下去，他動怒也不過是早晚的事情。」他起身走回餐桌邊。

我亦步亦趨的跟在他身後，「可是他演得眞好，我一點都沒感覺出來他是黑道。」

謝永明拿起筷子，「這之間肯定發生過什麼事情，只是我們查不出來。睡著的獅子還是獅子，妳不要太輕敵了。」

看了那些資料之後，我心裡確實也有些不安，只是我始終覺得，他沒有謝永明說得這麼可怕。

飯後，我們一起收拾桌子，閒聊了幾句，謝永明提起公司的事情，我沒多大興趣聽。

時間晚了，我們互道晚安，我回到房間裡，一封封的看著白宣譽傳來的訊息，最後一封是三天前傳來的。

他沒有問我好不好，只是說了些他的近況，像是最近去了什麼宴會，見著了誰之類的消息。

其實他這麼做反而只會讓我覺得更愧疚。

「我們明天見個面好嗎？」

我傳了訊息過去。

「好。幾點？」

「午餐時間，我去你公司找你？」

「可以，妳好點了？」

「明天再說，晚安。」

我把態度端得很高，我想他應該可以感覺出來我要跟他說些什麼。還是先讓他有點心理準備比較好。

我看著窗外，爲了明天即將來臨的約會感到有些惴惴不安。

走進白宣譽辦公室的時候，他站在落地窗前背對著我，西裝筆挺的模樣看起來竟帥氣又落寞。

「妳來了。」

他聽見聲音，回身對我笑了笑，上前想拉著我的手，但被我躲開了。

他微愣，隨即明白了我的意思。

我把帶來的午餐一盒一盒的從袋子裡拿出來放在桌上，最後遞給他一雙筷子，「我剛剛從金寶茶餐廳買來的，還有熱觀音。」

白宣譽臉上的笑意加深，但眼底卻是更加清冷。

一陣沉默在我們之間蔓延，我不知道該說些什麼，才能讓場面不這麼尷尬。

最後還是他先開了口：「吃吧，妳瘦了許多。」

我緊張的胃發疼，什麼胃口也沒有。

「我得跟你道歉。」我咬了咬牙，不再迂迴，「我利用了你。」

他似乎沒想過我會如此單刀直入，動作頓了一頓。

「小朋友，事情不是這樣談的。」他失笑，彷彿聽到了什麼荒謬的事情。

我頹下肩膀，「我不知道要怎麼談，我沒有談過。」

「先吃點東西吧，什麼事情不能吃飽再談？」

我點點頭，夾了幾塊東西塞進嘴裡，卻吃不出味道。

白宣譽倒了一杯熱茶給我，「小茹已經跟我說過了，我本來不死心，不過聽妳這樣說，我想也沒什麼挽回的餘地了。」

「對不起……」

「小事。人生有時候，就只是緣份而已。」他笑了笑，「我們只有這點緣份，一起走過這些日子，也沒有什麼利用不利用。沒有妳，我的人生也照樣過，不跟妳過，難道那些時光還能攢下來賣嗎？」他淡淡地說。

我愧疚的垂下頭，「是我不好。」

「這話題結束了，說說妳吧？」他打量我一陣，「妳的氣色不好，謝永明沒有好好照顧妳？」

我搖搖頭，「是我自己沒什麼食慾，也提不起勁，他說讓我去學點新的才藝，但是我……」

白宣譽同意的頷首，「這提議不錯。」

我把視線投向窗外，「但是我應該學些什麼呢？」

「如果不知道學什麼，我倒是可以給妳一些建議。」白宣譽起身拿了筆電過來，找了幾個網頁給我看。「學廚藝吧，妳常跟我說妳母親做的一手好菜，以前妳沒心思學，現在妳有空了，可以去找找記憶中的味道。」

白宣譽這麼一說，我也覺得有道理。

「只是棠棠要失望了，以後不能經常見妳了。」

我話都到了喉頭，想說以後還是可以去幫棠棠上課，卻嚥了下去：「是啊，但如果小茹身體好些，可以讓她帶棠棠來找我。」

白宣譽是何等的精明，這樣一說他哪裡會不懂？

他難掩眼中的失落，仍舊對我笑笑，「好，我會讓司機送他們過去。」

我點點頭，看了看時間，「我該走了。」

白宣譽也不留我，只說：「好好保重身體。」

「我會的。」我應允。

走出他的辦公大樓，我才眞正鬆了一口氣。

打了通電話給謝永明，跟他說一切都好，謝永明問了我們的對話內容，也挑不太出錯處，只得掛了電話。

我先到附近去吃了一頓午餐，然後才回家休息。

白宣譽說得有理，隔天我就去報名了好幾個廚藝課程。

我從來沒拿過比筆還要重的東西，第一天上課累的連手都抬不起來，但謝永明看到我親自做的菜，卻非常開心的吃完了。

我試過味道，是不難吃，但是也不至於讓人大快朵頤的吃了個一乾二淨，他的舉止實在令我摸不著頭緒。

「好吃嗎？」飯後他洗碗，我在一邊擦。

「不錯。」他心情很好的模樣，「以後妳天天做飯吧？吃不完的話，我可以帶著當午餐。」

我更莫名奇妙了。

李曜誠會所的飯菜不知道好吃多少倍，我也從來沒見過他這麼喜歡。

「你的口味怎麼變了？這頂多算是能吃，距離好吃還很遙遠。」我說。

我一點也不覺得他會爲了討我歡心而故意稱讚我，就算眞是這樣，那也不需要帶著當午餐吧？

他瞪了我一眼，「外面的菜吃起來都是一樣的味道，只有自己人做的才不一樣。」

我笑起來，「謝永明，你這是味覺失調。」

「哦，現在會回話啦。」謝永明打趣。

我愣了會兒，別開眼，「我也不能一直沉悶下去，我爸媽會不高興的。」

「妳知道就好。」謝永明很欣慰的看著我。

「我說你這眼神怎麼這麼討厭呢？」我停了一瞬，嘆了口氣，「如果我再不找點事情做，恐怕你也要把我趕出門了吧。」

他沒回應，我自顧自的說：「你願意照顧我一陣子，不代表會照顧我一輩子，我還是早點振作起來才好。」

這時候謝永明已經把碗盤都洗完了，他抽了一張廚房紙巾，擦乾了手，粗魯的揉了揉我的頭髮，「妳知道就好。」

話說完，他轉身回房。

我把碗盤收拾好，從酒櫃裡拿出一瓶紅酒。

天氣還冷著，我把椅子搬到落地窗前，看著窗外點點燈火，安靜的喝著。

反正已經不需要上課，明天多晚起床都沒有關係，只是這樣的人生過起來好像也沒有多開心。

我靠上椅背，一口仰盡杯子裡已經過度氧化而酸掉的紅酒。

大抵許多事情都是這樣，早早的開了、醒了，也就早早的酸了、難喝了。只是什麼時候才是最好的時機，又有誰知道呢？

「一個人喝酒？不覺得孤單？」謝永明的聲音傳來。

「這世上哪有人是不孤單的？」我回眸。

他手上也拿了只空酒杯，給自己倒了杯酒後，拉了張椅子坐在我旁邊。

「今天見了白宣譽，惆悵嗎？」他問。

我想了想，「就是因爲不惆悵，我才過意不去。」

「是嗎？」他舉起杯子，紫紅色的液體在昏黃燈光下透出一種難以言喻的魅力。

「我以爲妳喜歡他，沒想到是心裡從來沒有他。」

我收回視線，「你不要隨便看穿別人的內心，沒有禮貌。」

謝永明安靜的坐著，陷入沉默。

「如果人生沒這麼無常，也許我會一直跟白宣譽過下去……」我看著夜空，「李曜誠問我，爲什麼一出事就只記得你，坦白說我也想知道答案。」

「那妳就來吧。」謝永明波瀾不驚的說：「我的世界，永遠都會有妳的立足之地。」

我淺笑著看向窗外，不再說話。

謝永明，日後你要是有女朋友，結婚了，難道還會有我的一席之地嗎？

◆

我開始認真的學煮菜，雖然目標是找到母親的味道，只是目前的距離還是太遙遠了。做菜是很有趣的事情，尤其是我每天做的菜，謝永明都會一滴不剩的吃得乾乾淨淨，就讓我覺得心滿意足。

我花了大把的時間在烹飪裡，原本的廚房也漸漸的被我買的各種廚具填滿。

我還買了一架鋼琴，閒暇之餘除了下廚，就是彈琴跟閱讀。

好像這世界的其他事情再也與我無關，除了購買食材以外，我可以一整天都不出門，直到謝永明回家，才說上今天的第一句話。

所以當白宣茹打給我，說要帶棠棠來的時候，我是很驚訝的。

棠棠喜歡我無可厚非，我當她的老師也一段時間了，但我跟白宣茹的交情並不算特別好，有什麼事情讓她非得親自來不可？

棠棠一見到我，就熱情的撲了上來，一張精緻的小臉貼在我面前，「老師香香的。」

我笑起來，對白宣茹點點頭，將她們迎進客廳。

「你們來的正好，我剛好正在烤巧克力瑪芬。」

「棠棠一直吵著要來找妳，我也想出來逛逛，就臨時過來了，希望沒有打擾到妳。」她很客氣的說。

我擺擺手，「不要緊，我在家裡也沒有什麼事做。」

棠棠看見客廳裡的白色鋼琴，很好奇的摸了上去，叮叮咚咚不成調的彈了起來。

我向白宣茹詢問了不少棠棠的事情，才知道在我離開後，白宣譽並沒有再找新的鋼琴老師。

「如果妳不介意，就讓棠棠來跟我學，我……我暫時不能上妳家去。」我對棠棠是有點愧疚的，畢竟我只教了一半，就因爲私人因素而不替她上課，實在也有些不負責任。

她淡然的頷首，「妳跟我哥的事情我都知道，若妳眞的沒問題，我就帶她過來上課。」

我點點頭。這時，烤箱「叮」了一聲，棠棠從鋼琴前跳了下來，湊到我跟白宣茹之間，「蛋糕可以吃了嗎？」

她一張小臉露出無比期待的光芒。

我笑出聲來，讓她在客廳裡等會兒。

從那天之後的每個一、三、五早上，白宣茹就會帶著棠棠過來。

有時李曜誠會來接她們回去，有時她們則是搭自家車。

我一直對白宣茹的過去感到好奇，但又不好意思問她。

隨著時間一天天過去，我跟白宣茹也漸漸熟稔。

時序從春走入夏，棠棠這幾次來都是穿著無袖小洋裝，看起來可愛極了。

我這才忽然驚覺，白宣茹的身體好了許多。

她微笑著搖搖頭，「沒怎麼好，只是沒有糟糕到需要住院而已。」

我有些擔心的看著她，「怎麼一直都養不好？」

「如果妳心裡有個傷口，從來都沒有好過，那身體又怎麼會好？」她淡然的答。

我愣了一瞬，「不是有李曜誠嗎？我以爲你們感情很好。」

白宣茹笑了，「他人很好，我很喜歡他。」

噢，我想我明白了她的意思。

只是喜歡，不是愛。

「妳哥跟我說過妳的事，他……不值得。」

白宣茹聽見這話，唇邊的笑意卻擴大了，我從未見她笑得如此開懷。

「我哥的話怎麼能聽，他凡事只用自己的價值觀去衡量。他不懂，他眞的不懂。」

白宣茹笑著笑著，咳了起來，我連忙倒了一杯溫水給她，她喝了口才緩過氣來。

「每個故事都會有三個版本。」她說，「一個是他說、一個是她說，另一個是別人說。」

白宣茹淺笑，「妳聽過了別人說，這輩子我們也沒有機會聽他說了，那妳聽聽我說吧。」

「好。」

「故事劇情是一樣的，只是詮釋角度的問題。」白宣茹深深吸了口氣，「我哥肯定告訴你，他是個貪財的小人。但我更寧願相信，他一開始是愛著我的，只是後來不愛了而已。」

「可是妳懷孕了，他卻一點都……」

白宣茹抬起手，「他根本不知道我懷孕了，我只是賭一口氣，不肯回家跟我哥低頭，也不想用孩子綁住一個不愛我的男人。」

我將故事前後串了一次，總算想通了。

「那妳還愛他嗎？」

「文斐，說愛不愛太不著邊際，但他是我生命中不可抹滅的一部分，也是棠棠的父親。」白宣茹看向窗外，「只是，如果能再重來，我寧可從來沒有認識過他。」

「爲什麼？」

「因爲開心的時刻太少，遺留的痛苦太多。」她說。

棠棠聽不懂我們在聊什麼，躺在沙發上睡著了。

「至少妳還有棠棠。」我看向這個精緻的小女孩。

白宣茹搖搖頭，「生在我們家，對她不曉得是好是壞。」

我大約知道她指的是什麼。「我聽謝永明說過，你們家曾經是南方的黑道，可如今不是洗白了嗎？」

「哪有眞正洗白這種事情呢？妳不也知道了我們的過去？」白宣茹淡淡的說，「不過她也總是要走上一遭的，我恐怕沒辦法看顧到棠棠長大，把她交給我哥又不放心，文斐，妳……」

「別說觸霉頭的話。」我阻止她，「妳要是想健健康康的見到棠棠長大，妳哥難道辦不到？但首先，妳得先想活著。」

白宣茹皺眉，「文斐，妳不明白什麼是身不由己。」

「我明白，我也不想我父母這麼早走。」我有些激動，頓了頓，「如果他們還健在，也許我還能好好的過著以前的生活。」

「但終究沒有辦法，不是嗎？」她的語氣依然不喜不怒，「我只想拜託妳，如果有天我先走了，麻煩你多多看照著棠棠，她喜歡妳，妳跟她說話她會聽的。」

「我不喜歡聽妳說這個。」我發起脾氣，「我也喜歡棠棠，但不是拿來讓妳託孤的。」

大概是我們說話的音量大了，吵醒了棠棠，她坐起身，發起脾氣：「好吵喔。」

這一聲童言童語化解了僵持，我隨即走到廚房裡拿了點餅乾跟果汁回來，放在桌上。

「棠棠，是老師不好，我跟妳賠罪，妳原諒我好不好？」

◆

隨著時間過去，我會做的菜色也多了，有時謝永明上班時會傳簡訊回來點菜，我要是來得及看見，當天晚上就會做出這道菜給他吃。

他讓我養得胖了些，但我覺得這樣很好，前一陣子他真的是太瘦了。

謝永明問過我是否還想回去交際圈子，我對他搖搖頭。

當初跟著白宣譽東奔西跑的那段日子像是上輩子一樣久遠了，而我很清楚，我之前會這麼做，不過是想在茫茫人海裡遇見謝永明。如今我們天天一起吃早飯，一起吃晚餐，每天都有說不完的話，這樣還不夠嗎？

他吃了口糖醋小排，「這菜不錯，有多的話明天幫我帶便當吧？」

我莞薾，「一道菜你連著吃兩天，不膩嗎？」

「便當更令人生厭。」他抱怨。

「喂，我記得你以前對吃的沒這麼挑啊？這是怎麼了？」

「大概妳的菜裡有下蠱吧，讓我吃其他的都不順口。」他說完又塞了口高麗菜，「妳的廚藝課也教這麼簡單的菜色嗎？」

我失笑，「你這話是什麼意思？是嫌太簡單還是不好吃？」

「妳怎麼這麼敏感？」他也笑了，「要是妳花這麼多錢去學一道炒高麗菜，那我也可以考慮創一個子公司，專門教名媛貴婦下廚，肯定有商機。」

我不禁笑出聲來。

「這是我自己學的，簡單的菜色看食譜就能做了，何況炒高麗菜並沒有難度。」

我還想接著說話，家裡的電話卻忽然響了起來。

我跟謝永明都有些錯愕，知道電話的人不多，若沒有要緊事情也不會打來。

我們互望一眼，他起身去接電話，我緊張的看著他，見他笑出聲，我才鬆了一口氣。

他掛了電話後，先是走入房間裡，拿了自己的手機出來，「是李曜誠，他說得了一瓶很好的紅酒，一定要現在拿來，結果我們倆都沒接手機，他怕白跑一趟，才打來家裡。」

「什麼紅酒一定要現在喝？」我好奇，苦惱的看著一桌子菜，「可是我們這些菜色和紅酒不配。」

「不要緊，自己人吃有什麼關係？」他倒是一點沒放在心上，話才剛說完，門鈴就響了。謝永明上前去開門，進門的除了李曜誠，還有白宣茹。

「妳怎麼也來了？」我笑著替他們添上碗筷。

「天氣好，就跟著出來走走了。」她氣色不錯，看來是最近調養有加。

李曜誠攬了攬她的肩，「我不帶小茹過來，難道平白被你們閃？」

我哼笑了聲，「你少來了，明明是自己離不開小茹，偏要賴我，我們哪時候閃過了？」

「看妳這一桌子菜就夠閃了。」他先扶著白宣茹入座後才坐了下來，「看看這些好菜，妳眞是一點良心都沒有，當初吃我的喝我的，現在會做飯了，一次也沒請過我，還是我自己上門蹭飯才有的吃。」

謝永名這時候已經開了紅酒，一陣酒香撲鼻而來。我有些饞了，肯定是好酒才有這麼濃郁的香氣。

李曜誠對我使了個得意的眼色，「看看，我這才是好朋友的行徑，得了好東西就立刻拿過來分享，不像某人。」

我笑道：「李曜誠，你再小心眼下去，我都要爲小茹抱屈了，她怎麼就跟了你這樣的人？」

我們說說笑笑的直到十點，白宣茹打了個呵欠，我們就立刻結束了聚會。大家都知道她身體不好，不想造成她的負擔。

他們走後，我跟謝永明把桌子收乾淨，互道晚安後，我坐在開著小燈的客廳裡，他已經走回房間。

我看著窗外的夜色，有些昏昏欲睡。

大概是我眞的睡著了，朦朧之中感覺到讓人抱了起來，我睜開眼，看到謝永明的側臉，又安心的閉上眼睛。他把我放在床上，替我蓋上被子，坐在我的床邊好一會兒才起身離開。

聽見門輕輕關上的聲音，我睜開眼睛，想了一會兒才入睡。

我們就這樣互相依賴吧，直到再也走不下去的那一天爲止。

可能因爲喝酒的關係，隔天我睡得特別沉，醒來時謝永明已經出門了，我發了好一會兒的呆，才忽然想起他說中午想要吃糖醋小排。

看了看時間，已經九點半了。

我跳起來刷牙洗臉，隨便塡了點東西入腹，開始準備他的午餐。

雖然都是些簡單的家常菜，但也花了不少時間。

等到都弄的差不多了，我換了身乾淨的衣服，拿著兩人份的便當，讓司機送我到公司樓下。

一進公司，就感到氣氛有種說不出的怪異，每個人都神色匆匆的樣子，看不出是在忙些什麼。

秘書領我到了謝永明的辦公室，他還在開會。我放下便當，閒閒的翻著他桌上的文件。越翻越覺得奇怪，這半年多來，公司的營收很有問題啊，下降的幅度太大了，就連我都能看出不對勁。

不可能是經營方面的問題，謝永明如今的政策還是走守成路線，他才剛剛從他父親手上接過公司，以他的個性肯定是溫水煮青蛙，從小處著手，絕不是大刀闊斧改革的風格。

那怎麼會有這樣的情況？

「文斐。」

他站在門邊喊，我抬起頭看了他一眼，慢慢的把文件闔上，走到他面前。

「我帶了便當過來一起吃。」

他眼神在我臉上轉了一圈，「好。」

我腦中還在轉著文件的事情，公司營收沒道理在沒有經營問題的情況下忽然遽變。最近景氣也一直很持平，雖然是持平的差，但至少不是持續下滑，那只剩下一個可能，絕對是有人搞鬼。

「謝永明，你知道是誰，對嗎？」我問。

就算我這樣不著前不著後的問，他還是明白了我的意思。「是，我知道。」

「是誰？」

「我不能告訴妳。」

「爲什麼不能告訴我？除非……」我沉下目光，除非那個人跟我有關。

「是白宣譽？」

吃完了飯，我一邊收拾便當盒，一邊裝著若無其事的問道。

「是。」

謝永明不閃不躲，反倒令我略略吃驚，他又接著說：「妳都猜到了，我也就不瞞妳，這事情眾所皆知，就算我不告訴妳，妳也會找人調查。」

「那你剛剛還不說！」我瞪他一眼，他朝我聳聳肩。

「要不要我去找他談談？」我頓了頓，「畢竟這事情……」

「不需要。」謝永明打斷我的話，「妳什麼都別處理，就是最大的幫忙。」

我沉默的看著他。

他嘆口氣，走到我面前。

「如果眞的跟妳有關，那麼他就是希望妳去跟他聊聊，我怎麼能讓他得償所願？如果跟妳無關，妳去也沒有用。」他看著我，「不管怎麼說，妳去都是最糟糕的選項。而且妳去的話，是不是表示我能力不足，所以才需要示弱？」

好吧，我被他說服了。

「現在公司還沒有問題，而且他是正正當當的來，並沒有任何小動作。」謝永明一派輕鬆的模樣，「妳就不用擔心了。」

我想了想，點了點頭。

「雖然不希望有那天，但如果你需要的話，我隨時可以幫你。」幫你去跟白宣譽談談。

謝永明笑了笑，「文斐，有些話、有些承諾會隨著時空改變，但有些不會。」

「啊？」

他給自己倒了杯茶，「我不會容許任何人欺負妳，在任何時空下，這句話永遠都不會改變。那些不可抗力的事情我幫不了妳，但是其餘我能做的，都會爲妳做到最後一刻。」

我睜大眼睛，愣了好一會兒後，笑了出聲。

「謝永明，你今天怎麼這麼浪漫？」

「不然妳又要胡思亂想。」面對我的調侃，他一點都沒當回事，「其實我也不怕妳胡思亂想，我怕的是妳橫衝直撞。」

「我又怎麼橫衝直撞了？」我不高興了，「我都是想過的。」

「我就怕妳想過之後還是橫衝直撞。」他摸摸我的頭，「妳是個特例，特別傻，特別能惹事，所以妳還是好好的待著吧。」

「你還眞是毫不客氣。」我露出微笑，「知道了，看你這樣，我想也是沒有問題的，那就相信你了。」

謝永明非常滿意我的結論，跟我聊起其他的事情來，「等會兒妳要做什麼？」

「可能去逛逛百貨公司，想買些新廚具。」

「那正好，我缺幾件襯衫，妳幫我買吧，長袖短袖都要。」

他說的理所當然，像是我應該要幫他這麼做一樣。

「好啊，顏色、尺碼？」

他朝我轉過身，「這個尺碼。」

我翻開他的後領，記下了尺寸，隨後想也沒想的抱住了他。

「謝謝你。」我輕聲說道。

謝永明什麼也沒說。

過了一會兒，我才慢慢的鬆開他，仍然把臉貼著他的後背。

謝永明，我能這樣靠著你多久？

你能這樣護著我，多久？

◆

在那之後，我花了不少心思研究藥膳食補。

商場上的事情我幫不了謝永明，但至少可以幫他注意身體方面的健康。

扣掉他有聚會的時間，我們幾乎每餐都一起吃。

謝永明不太喜歡中藥的味道，我就只能盡量降低比例，或是換著花樣讓他吃。

就算如此，一週裡他頂多也只願意吃兩次藥膳，我也不介意，只要他願意吃，我就願意煮。

李曜誠跟白宣茹會在天氣好的時候，來跟我們一起吃晚餐。

我想白宣茹應該不知道她哥的舉動，所以才能這麼自在的跟我們吃飯。謝永明跟李曜誠也不在她面前顯露半分，他們每次來，我們都像是過著生命中最安心的日子一樣，吃吃喝喝的，不知憂愁。

他們離開後，我跟謝永明還會坐在窗台前再聊一會兒。

有時興致一來，我會彈上幾曲，謝永明很享受這樣的時光，總是舒服的靠在沙發上，隨著曲調輕輕打著拍子。

我想我眞是天生當家庭主婦的料，這麼無趣的日子居然還可以過得津津有味，甚至有點山中不知年月的感覺。

等我注意到時，天氣又冷了，而我也陷入很深的低潮，因爲我父母的祭日就要到了。

平常只要不去想，我就可以過得很好，但是隨著時間逼近，我卻不知道該如何面對。

年關將近，謝永明最近忙著處理公司的事，他不回來吃晚餐，我也就懶得煮。

夜裡，我會裹著毯子，拿瓶酒躺在窗台前的躺椅上，一杯一杯的喝著。

喝了點酒之後，那些不願意想起來的痛苦，變得像在空中漂浮的灰塵一樣，就算出現在眼前，也不會有什麼影響。

天氣冷了，我今天多喝了點。

謝永明回來的時候，我還賴在躺椅上不肯起來，他走到我身邊，身上還穿著西裝。

「怎麼喝成這樣？」

我衝著他笑了笑，「天氣冷嘛。」

「我先去換身衣服。」我看見他皺起眉頭，知道他不開心，他回身撈起了沙發上的毯子，蓋在我身上，「妳……算了，等我。」

「嗯。」我對他揮揮手，笑嘻嘻的說：「等會兒見。」

我聽見了水聲，他大概是去洗澡，之後見他換了一身居家服走到我身旁。

「我抱妳去睡吧。」他嘆了口氣，「沒事把自己喝成這樣做什麼？」

「我有事啊！」我伸手攬著他的頸子，叨叨絮絮的說：「他們的祭日要到了，可是這一年我什麼事情都沒有做，只學會燒菜，燒得也不像我媽的味道。」

說著說著，我把臉埋進他的頸間，「謝永明，你說這到底是怎麼一回事？爲什麼一個人心裡的寂寞跟痛苦可以無限蔓延？」

他把我放在床上，我又爬起來，像隻無尾熊一樣的抱著他。

大概是醉了，也可能是因爲寂寞逼人，我開始吻他，一開始他還閃躲著，而後他卻主動了起來。

「于文斐，你知道我們在幹什麼嗎？」

他壓在我身上時，問了我這句話。

我沒有回答，只是吻住了他的唇。

隔天起來，我看著身旁熟睡的臉，感到有些莫名其妙，想起來時只覺得頭疼。

「我的天啊……」

我捧著頭哀號，謝永明被我吵了起來，他看了我一眼，裸著身走出房門。

我宿醉頭疼不已，他這時又走了進來，拿了止痛藥跟白開水給我。

「誰叫妳喝這麼多。」他唸著。

我只覺得想吐，吃完藥又躺回床上。

謝永明回房間去換件衣服，又走了回來。

藥效發作，我的疼痛感漸漸淡去。

無奈的是，這情況我還眞不知該說什麼才能打破僵局。

「你早餐想吃什麼？」

他瞥了我一眼，「妳就這話想跟我說？」

我有些尷尬，不然我要說什麼？「我會負責」？這好像不是我該說的台詞吧？

我乾笑，「那……謝謝指教？」

謝永明瞪大眼睛，讓我逗的笑了出來，「于文斐，妳好樣的。」

「我想洗澡……」我沒忘記被子下的我也是赤裸裸的，那些散落在床四周的衣服，我都不好意思看了。「你能不能先……」

謝永明又笑，「還害羞？妳昨天……」

我尖叫了聲，沒辦法把我昨天霸王硬上弓的記憶從腦海裡抹去，「那是個失誤。」

謝永明起身，笑吟吟的說：「我可不是這麼想的。」

「我才不管你是怎麼想的！」我低吼，不過他要是會怕我的警告，那才真的奇怪了。

「好吧，我先出去，妳有事叫我。」

我會有什麼事？我巴不得他快點出去，於是連忙應好，把他趕出房。

他走後，我把房間整理了一下，迅速的沖了澡，吹乾頭髮。走出房門的時候，只見餐桌已經擺上烤好的土司跟熱咖啡，謝永明睨了我一眼，又繼續看著報紙。

我默默的走上前，坐在椅子上，啃起土司來。

雖然吃了藥，但還是有些不舒服，吃沒幾口就飽了。

我站起身收拾，謝永明忽然開口：「過幾天我陪妳去祭拜。」

我一愣，他還記得這件事……

「沒關係，我知道你很忙。」

「妳把時間給我，我可以先安排行程。」謝永明收起報紙，上上下下打量我一番，「妳要是累的話就多休息。」

「我哪裡……」話只說了一半我忽然就懂了他的意思，「我、我還好。」

謝永明挑眉，聳了聳肩。

他這姿態讓我笑了出來，「你怎麼這麼得意？」

他想了一會兒，說道：「謝謝招待。」

我沒想過他也有這麼無賴的一面，愣了好幾秒才大笑出聲。

謝永明站起身，「中午我要吃清蒸魚，妳煮好送來公司吧。」

「喂，你不是讓我多休息嗎？」

他瞪了我一眼，「我不跟妳說要吃，妳是不是也不吃了？」

我乾笑，卻聽見他說：「妳太瘦了，手感太差。」

我的笑僵在嘴邊，他已經走回房裡。

奇怪，我怎麼覺得他這背影還眞是得意洋洋？

過了祭日，也過了個年，我跟謝永明不知不覺的就睡在同一張床上了。

一開始還有點不習慣，不過沒幾天我們倆也就睡得很安穩了。

但是謝永明回家的時間越來越晚，臉色也總是凝重。

我好幾次問他，都問不出什麼所以然，逼不得已只能去問李曜誠。

他一臉爲難，一看就是必定知道些什麼內情的樣子。

我心裡飄過許多念頭，是不是他外頭有女朋友了，只是不好意思告訴我？

李曜誠還在猶豫著，但他越猶豫，我的想像就越加糟糕。

直到我的臉色跟他一樣難看，他才豁出去的說：「公司最近情況不好，妳不知道嗎？」

聽見事情跟我揣測的相差了十萬八千里，不知道應該高興還是擔心，但我想這件事肯定是白宣礜下的手。

「怎麼個不好？」

李曜誠的眼神瞥向別處，就是不看我，我這才忽然想起他跟白宣茹的關係。

一時之間，我不知道該怎麼辦才好。

「你站在哪邊？」最後我只問了這個問題。

李曜誠會幫著白宣譽，和謝永明對立嗎？

他嘆了口氣，「我誰也沒幫。」

「眞的？」

「眞的。」他很苦惱，「我能幫誰？一邊是小茹的家人，一邊是我的好友，我只能選擇站在中間。」

我點點頭，「這樣就好。」

我不奢望你付出什麼，只求你別雪上加霜。

父母過世之後，我學會的第一件事情是，任何關係都是可以用利益來計算的，看看那些過去跟我爸稱兄道弟的朋友，有幾個是在緊要關頭站出來爲我們說話的？

一個都沒有。眞正爲我家、爲我付出的，只有謝永明。

這世界上沒有人會平白無故的對自己好，如果有，那只是還沒發現對方想要的是什麼而已。

李曜誠也不應該有所例外。

「妳生氣了？」他問。

我搖頭，「不，我們都是見過市面的人，我很清楚中立對你沒有任何的好處，你既討好不了白宣譽，謝永明對你的信任也逐漸破裂，但也因爲這樣，我才能繼續跟你當朋友，白宣茹也才能繼續跟你在一起。」

李曜誠鬆了口氣：「謝謝妳。」

「我喝了你這麼多酒，吃了這麼多菜，這點小事應該的。」我喝了口茶，「那現在的情況到底有多糟？」

話說開之後，李曜誠也就比較放心了，儘管他能說的還是不多，但我不至於毫無頭緒。

「白宣茹知道這件事嗎？」聽完了情況，我問。

「不確定，不過她一直都沒說什麼，就算知道，也不會知道太多。」李曜誠苦笑，「她最近身體越來越差，我不想跟她談這些事。」

我理解的頷首，就像謝永明也一直不跟我談這些事情一樣，恐怕這就是男人無謂的自尊心吧？

「還有件事……」李曜誠有些支支吾吾，「謝永明最近跟何天白走得很近，大概也是想借用他們的力量吧？」

何天白，城裡無人不知的高官。

縱使他爲人低調，也很少有負面消息，但哪個當官的不是一手權一手錢？這是很危險的一條路，水能載舟，亦能覆舟。

今天我們能因爲付出一點金錢而得到好處，明天就會因爲別人的價碼比我們高而翻船。

謝永明是不是眞的無路可走，才選擇了這條路？

我沉思著回到家裡，坐在窗前看著日落，不知道該怎麼幫他。

除了去找白宣譽聊聊之外，在這件事裡，我幾乎沒有插手的空間。

要去嗎？

也許可以打著去看棠棠的名義拜訪他，但是他怎麼會看不出來我的目的呢？

我左右爲難，怕把自己看得太高，去了沒有用；又怕現在不去，日後會後悔。

我琢磨了許多天，謝永明在我面前依然不動聲色，什麼都不對我說。

要是我問的急了，他更索性以吻封口，不讓我再有空閒追問。

事情就這樣拖延下來，我急得跳腳，卻什麼都不能做。

直到有一天，李曜誠把我約出去，對我說這次謝永明的公司真的岌岌可危了，我要是再不做些什麼，就再也不用做了。

我深吸了口氣，讓他送我到白家。

白宣茹這一陣子的身體狀態很差，我先去探望臥病在床的她，才聊了十幾分鐘，她就因爲體力不支睡了過去。我回到客廳等著，沒多久白宣譽就回來了。

他見著我，像是非常高興的樣子。

此刻我幾乎無法明白他內心的想法。

他讓人泡了一壺大紅袍送進書房裡，我坐在以往慣坐的位子上，白宣譽看來神態輕鬆，「妳氣色好了很多。」

我笑了笑，乾脆打開天窗說亮話：「你在對付謝永明？」

他笑出聲，「妳還是跟以前一樣直率。」

我低下頭，心知怎麼計算都算不贏他的，那又何必算？

「是。」他的聲音傳來。

我對他還是愧疚，「是因爲我嗎？我可以向你道歉，都是我的問題。」

「一半一半。」他倒了半盞茶給我，「這是極好的茶。」

我接過，卻還在想著他的答案是什麼意思。

「我不怪妳，也知道那是緣份，不該強求。」他微微彎起嘴角，「可是，我心裡有一股氣，非得做些什麼出氣不可，對妳，我捨不得，那就只好怪謝永明了。」

我瞠目結舌的看著他，這言論荒謬的讓我無言。

白宣譽這是眞眞正正的土匪流氓思考法。

「那要怎麼樣你才願意……」

他淺淺笑著，「妳說呢？」

我瞬間明白，原來喜怒不形於色的人是多麼可怕，我寧可他當著我面前發作，甚至是搧我幾巴掌，也好過現在這樣，他笑著問，而我卻端不出任何答案令他滿意。

「你要我回到你身邊嗎？」我只能猜，內心卻像隻驚慌的小兔子一樣，四處奔逃。

「不，妳憑什麼認爲我會吃回頭草？」他又問。

白宣譽仍然一副笑咪咪的表情，卻讓我的背脊都滲出了冷汗。

最後，那場談話無疾而終，我甚至不知道之後是怎麼回到家裡的。我蜷曲在躺椅上，腦中順理著許多事。

謝永明回來見到我這模樣，嘆了口氣。

「不是讓妳不要去找白宣譽嗎？」

「你怎麼知道？」我抬眸看著他。

他蹲在我面前，順了順我的頭髮。「妳的事情我怎麼會不知道？再說，李曜誠那大嘴巴妳以爲鎖得住嗎？」

「也對。」我坐起身，伸手抱住他，「對不起。」

「不需要道歉。」他拍拍我的肩，「早在我帶妳回來的時候，就知道會有今天了。」

我把頭埋在他肩窩，「謝永明，你爲什麼要爲了我這麼做？」

他沉默了一會兒，緩緩開口：「我只剩下妳了。失去的錢、市場，還有其他東西，我都能再想辦法賺回來，但是失去妳，我……」

我吻住了他。

謝永明很少對我說心裡話，就算說了，也總是隱晦不明的略略提起而已。和他認識的久了，有時內心話反而難提，尤其我們都習慣了不著邊際的嬉笑怒罵，很少坦率自己的眞心。

半晌之後，我們的唇才分離，額卻靠在一起。

「謝永明，如果白宣譽只針對你，那是不是表示我家的公司沒有問題？把我家公司賣了吧。」

我不是不在乎我父母的成果，但是錢也買不回他們的命，如果現在錢可以救回謝永明，多少我都願意。

「文斐，我會考慮的。」

謝永明沒有拒絕，看來李曜誠的話不是誇飾。

再不做些什麼，就什麼也不用做了。

「我去做飯。」有了心理準備，感覺也沒這麼糟了。「你先去換衣服吧。」

我用家裡剩下的一些食材炒飯，又添了個菜，雖然不算豐盛，但我想謝永明不會介意。

我們一如往常的談笑，好像這些事情都不復存在一樣。

睡前，我對謝永明說：「明天就辦了這件事吧。」賣了公司。

「要賣，也不能賤賣。」謝永明說：「或者我們應該換個角度想，賣了我家公司，把你家不受影響的留著。」

我能理解他的想法，他是怕賣了我家的公司也補不回來，最後什麼都沒有。

「不行，你不能輸。」我揚起嘴角，「但我不怕輸。」

我想起了國中那次考試，謝永明站在我面前，說著他不能輸的模樣。

他笑出聲，「對，我不能輸。」

我安心了。原本還怕我什麼忙都幫不上，但現在我至少還能幫上一些，即便最後仍然一無所有，但至少不會後悔。

半夜，我的手機在床頭瘋狂的響著，我接起來，對方說話說的極快，我愣了好一會兒才聽懂。

「你們在哪裡，我們馬上過去。」我清醒過來，「哪家醫院？」

謝永明早醒了，我一掛斷電話，他也立刻起身，「誰在醫院？」

「小茹病危，說要見我們。」

我跳下床，拿了衣服衝進浴室換，趕緊洗把臉，謝永明此時也已經換好衣服，我們一路往醫院狂馳。

到白宣茹的床邊，也不過用了三十分鐘。

她見到我，對我笑了笑。

我腦海裡忽然闖入一個詞彙。

絕顏。

病房裡不只有李曜誠，還有白宣譽，場面一時之間有些尷尬，但現在正是緊要關頭，誰也顧不上這件小事了。

白宣茹已經帶上氧氣罩，她看著我，我俯下身湊近，好不容易明白了她的意思，卻有些錯愕。

我深吸了口氣，「那個，李曜誠你跟謝永明先出去吧。」

謝永明沒說什麼，李曜誠自然是不太甘心，但畢竟是白宣茹說的，他們也只能照做。

他們關上病房門，白宣茹舉手拿下了氧氣罩。

我皺眉，她的臉色看起來很紅潤，一點也不像病危的模樣。

白宣譽搖起病床，跟我站在一邊。

「棠棠就拜託妳了。」白宣茹握住我的手，那瘦如雞爪的掌比我想像中還要有力氣，抓的我生疼。

「我會，可是我永遠也代替不了妳。」

白宣茹不再接話，眼神飄向白宣譽。

「哥，爲了棠棠，不要再對付謝永明了。」

聽白宣茹這麼說，我心裡一跳，她什麼時候知道的？

白宣譽沒有說話，只是看著她，點了點頭。

「我答應妳。」

我的眼淚掉了出來，這一切都比我想像的還要荒謬，原以為她性格偏冷，沒想到最後一刻還記掛著這些跟她無關的事情。

「幫我照顧李曜誠，替我謝謝他，給了我生命裡最後一段美麗的歲月。」白宣茹說完這段話就毫無預警的昏了過去。

我倒抽一口氣，連忙按下呼叫鈴，幾秒鐘內，醫生跟護士就到了。我跟白宣譽退到門外，謝永明走到我身邊，對著白宣譽稍稍頷首。

我們沉默的等著。

但出來的不是醫生，而是移轉加護病房的白宣茹。

我跟謝永明跟在醫護人員背後快步走著，直到加護病房門前才被隔絕在外。

白宣譽冷靜的坐在一旁，雙手撐著臉。

我看了看謝永明，還在想著要不要上前去安慰他時，謝永明已經推了我一把，「去吧。」

他總是很清楚我想做什麼事情。

我走到白宣譽身邊坐下，「不要擔心，老天爺會保佑她的。」

白宣譽放下手，看了一眼謝永明，又看了看我，「妳不恨我？」

我一愣，沒想到他會這麼問。

我低頭琢磨了一會兒，「我沒什麼資格恨你，如果真要說，謝永明才有資格。」

「妳信報應嗎？」他忽然天外飛來一筆的問。

「我信。」

「我本來不信，覺得人定勝天。」他停了下來，深夜的加護病房前，就算日光燈使整條走道都亮如白晝，依然給人一種無法言喻的冷清感覺。

「你們走吧，明天開始就沒事了。」他說。

我一愣，下意識的看向謝永明，他也跟我一樣摸不著頭緒。

「李曜誠，那你呢？」我轉頭問。

「我再待一會兒。」比起白宣譽冷靜的模樣，李曜誠的擔憂完全顯露無疑。

要是可以，我也想留下，但是白宣譽跟謝永明的關係使我如坐針氈，只好先行離開。

這一走，就再也沒有見面的機會了。

隔天謝永明告訴我，白宣譽停下所有的動作，不再針對謝永明的公司。

三天後，白宣茹去世了。

她的喪禮辦得低調但隆重，城裡很多政商兩界的人都到了，包括謝永明。

我一直都沒有時間追問謝永明的想法，但或許他是不計較的。

畢竟白宣譽這次放了我們一馬。

喪禮過後，謝永明去安慰李曜誠，而我則跟白宣譽回到了白家。

棠棠還搞不清楚發生了什麼事情，只是隱約知道再也看不見媽媽了。誰也不想跟這麼小的孩子說清楚，原來死亡是那麼的疼。

我先親親她之後，白宣譽把我找進書房裡。

他的神情憔悴，「坐。」

他依舊讓人泡了一壺大紅袍進來，只是一切已經物是人非。

我們沉默的對坐了一會兒，還是他先開了口。

「我認你當乾妹妹。」

「啊？」我錯愕，「爲什麼？」

「妳還沒有結婚，當棠棠的乾媽也不好，那就當她阿姨吧。」白宣譽看向窗外，「妳喜歡謝永明，那我就讓他娶妳。」

我哭笑不得的看著他。

「我很樂意當棠棠的乾媽或阿姨，不過，我跟謝永明就順其自然吧。」我搖頭，「如果我們眞的有一天會在一起，我希望他只因爲我是于文斐，而不是其他原因。」我低下頭笑了，「那我就不客氣了，叫你聲哥。」

白宣譽點點頭，沒怎麼笑。

「以後妳要是遇上什麼麻煩，儘管來找我。」白宣譽頓了頓，「過一陣子，也許我就把這裡的公司收了，到國外去買一幢房子跟棠棠安靜的過生活，或者出國渡假幾個月。」

我怔愣，「怎麼這麼突然？」

他苦笑著搖頭，「以前我以爲只要搬離那個地方，離開那圈子就能找回平靜，但小茹死後我才明白，眞正的平靜是在心裡，不管走得多遠，心不靜，哪裡都不靜。」

「那怎麼忽然要走？」

他負著手起身走到窗邊。

「我跟小茹從小就沒有母親，因此感情特別深厚，所以當她跟那個混小子跑了的時候，我眞的氣炸了。」

我靜靜的聽著。

「現在她走了，這個地方有太多她的痕跡和回憶，棠棠還小，恐怕沒有感覺，可對我而言，我是再一次的失去她了。」

「白大哥，這不是你的錯，生死有命……」

「是啊。」他同意，卻停了一會兒才接著說：「但我在想，如果那天我沒有對她說出那些話，是不是一切都會變得不一樣？」

我沒有辦法回答，這世界上沒有任何人可以回答這個問題。

「如果你們眞要離開，屆時再告訴我要去哪裡。」

他回過身，對我說：「我會在妳的戶頭裡轉入一筆錢，以後我就是妳的娘家，不管妳去了哪裡，有沒有嫁人，只要妳想，隨時都可以回來。」

我想白宣譽是把我當成了白宣茹，這一切其實都不是要給我的，只是他心裡對白宣茹的補償。

「好，我不會客氣的。」

既然如此，那我又何需打醒他的投射呢？

浮生一夢，爲歡能有幾何？

◆

過沒多久，白宣譽就帶著棠棠去日本渡假了。

他說會先去個半年，其他的事情等回來再處理。

我不知道他要把公司託付給誰，但我想依照他的背景，公司裡總不缺能人。

時間過得極快，轉眼間到了我開學的日子。當初謝永明只幫我跟學校請了一年，等到開學的時候，已經是九月了。

我回到學校，雙主修了財金管理。

白宣譽弄出來的那事情讓我餘悸猶存，所以就算對商業一點興趣都沒有，看到大數目的數字也會驚慌，但我的成績仍舊順利通過了一次次的考試。

我自然是下了不少功夫，廚藝也就耽擱下來，但每天還是會替謝永明煮晚餐，這倒是雷打不動。

他曾經說過要是我忙的話，就不需要幫他煮了，但我捨不得。

我捨不得我們日漸減少的碰面時間，吃的是外頭買來的東西。

謝永明說了我幾次，但每次見我還是端出一桌子菜，也不再多說什麼。

他比我堅強多了，就算肩上扛著兩家公司，他的課業也沒有什麼大問題，雖然上了大學之後，成績不像以往優異，但除了幾科重修之外，大部分的科目還是在掌握之中，因此他也順利的準時畢業。

而李曜誠也是，雖然分數總是危險的擦邊，但總算也畢業了。

畢業那天，我們又回到會所，叫了一桌子的菜，算是慶祝。

白宣茹過世以後，李曜誠消極了一陣子，他不像我還有一個謝永明護著，李曜誠的父親是不容許他沉溺的，因此沒多久他又回來管理會所。但他究竟心情如何，我們誰也沒再過問。

餐桌上擺了四副碗筷，其中一副是給白宣茹的。

我們先不著邊際的說了許多話，才聊起畢業之後要做些什麼。他們兩人都用了一些奇特的方式躲了兵役。李曜誠說起他們家可能要去對岸合作經營高級會所。

他看向謝永明，「如何？有興趣嗎？」

謝永明搖搖頭，「入股可以，沒興趣過去。」

我笑著看他們對話，我很喜歡看著他們這樣，好像只要團聚在一起，就可以做到我們想做的任何事情。

「那妳呢？」李曜誠看著我，「白大哥一直跟我提起棠棠的鋼琴，妳要不要陪她去歐洲？」

我笑出聲，「行了，乾爹，我哪有空啊，何況他們哪裡需要我，白家人還不夠多嗎？要是去了歐洲，我的學業怎麼辦，我還有兩年才能畢業呢！」

我們說說笑笑，一桌子的菜一下子就吃光了，大概是氣氛愉快的緣故，謝永明也比平常放鬆，我們喝了數不清的紅酒，最後我完全沒有印象是怎麼回到家的。

我只記得我讓謝永明放在床上，他擰了一條熱毛巾來幫我擦臉，我睜開眼睛，看著他的側臉。

「謝永明，我愛你。」話一說完，我就睡了過去。

也不知道謝永明有沒有聽見那句話，反正隔天醒來我又是頭痛欲裂，也沒注意到他的反應。過了一陣子，也覺得沒必要再追問了。

兩年的時間很快就過了。

尤其我跟謝永明都忙得不得了。

李曜誠一年中有半年都不在國內，謝永明則選了另外一條辛苦的路，他很積極的在政商界活躍，以前那個話少的青年，幾乎已經不復存在。

我急著想畢業，所以這兩年修課也修的很多，想說到時能幫謝永明處理一些事情，至少可以把我家公司接回來管，讓他肩上的擔子輕鬆一點。

但除此之外，我還有另外一件事情想做。

畢業後幾天，我早早就跟謝永明約好時間，下午就把家裡佈置完畢，準備好晚餐，在餐桌上擺上蠟燭。

謝永明回來看見桌面上的東西，愣了好一會兒，笑著問：「妳又搞什麼鬼？」

我對他擺擺手，「你先去洗澡吧，我把紅酒開了，需要一點時間醒酒。」

謝永明臉上帶著無可奈何的笑，「好吧好吧。」

他洗的很快，出來時正好是紅酒最好喝的時刻。我倒了一杯給他，把在烤箱裡保溫的烤豬腳拿了出來。

「今天怎麼這麼豐盛？」

「我畢業了嘛。」

他帶著笑坐下，我們明明年紀相同，可是他看起來卻成熟許多。

「是該慶祝，那妳接下來有什麼規劃？」

「你教我做生意，也許三、四年之後，我就可以把我家公司經營起來。」我邊說邊往他盤子裡夾了點酸菜。

他笑了，「妳何必這麼辛苦，那不適合妳。」

「那什麼才適合我？」

「家庭主婦那一類的，看看前些日子，妳過得多開心。」

我心裡轉了個彎，「那也要有人肯娶我才行。」

「不需要，我養妳一輩子。」謝永明應的很快，似乎完全沒有經過腦袋思考，接著又笑了聲，「何況，妳『娘家』也能養妳一輩子。」

「怎麼，我哥又得罪你了？」

「那倒沒有，他最近也不太參與事情了。」他切了塊豬腳放進嘴裡。

我倒了一杯酒，仰頭一飲而盡。

謝永明錯愕的看著我。

「我知道沒有人這樣喝紅酒的，」我抿抿唇，「但是我有話要跟你說。」

「妳說。」

「謝永明，我們結婚吧。我想要有一個家，一個有你的家。」我一口氣把話說完：「我很喜歡跟你一起過日子的感覺。」

謝永明陷入沉默，他沒有想過我會說這種話吧？

我有些緊張，不知道他願不願意？

「文斐，對不起，我不能給妳一個家。」

我用力的吸了口氣，胸口的窒息感幾乎要把我壓死。

「好，我知道了。」我又仰頭喝了杯酒。

整個晚上我都在喝酒，連那些精心準備的餐點看起來都像笑話一樣。

把自己灌醉，就不會深思也不會追問，謝永明爲什麼拒絕我。

當天晚上我藉酒裝瘋，又再次推倒謝永明。

得不到心，我也要得到他的人。

但隔天想起來，只覺得一陣羞恥。

事情荒謬到了極點之後，我只覺得好笑，一點兒氣都沒有了。

我這輩子讓同一個人拒絕了兩次，扣掉中間不計其數的你情我願，我還霸王硬上弓他兩回。

我轉頭，看見謝永明留在床頭的水跟止痛藥，什麼字條都沒留。

我乖乖的吃過藥，然後才下床洗了個澡。

「接下來怎麼辦呢？」我穿著一身乾淨的衣服站在廚房，幫自己煮著咖啡。

大概是已經有了經驗，也或許是經歷過了太多事情，這次失敗，反而讓我覺得沒這麼嚴重了。

其實，我也不過就是圖個不後悔而已。

既然我都畢業了，謝永明也拒絕我了，我還能繼續住在這屋子裡嗎？

好像亂尷尬一把的。

我左思右想，不知如何是好，要是搬走，我捨不得謝永明；不搬，又覺得太踐踏自尊。人家都拒絕了，我還有什麼臉繼續住下來？

好吧，再逃避幾天，就去找房子吧。

嘆了口氣，我舉杯將剛泡好的咖啡往水槽裡倒掉。

失戀的人在大白天喝點酒，應該沒關係吧？

我難掩失望和失落，也感到深深的沮喪。我怎麼會再次誤判了情勢呢？爲什麼其他的事情我都可以處理的很好，偏偏這件事我老是失誤？

因爲沮喪，所以提不起精神，我喝了幾杯就回房裡繼續睡。

睡到一半，手機響了，我迷迷糊糊的接起來，聽見謝永明的聲音從另一頭傳來：「于文斐，起來吃飯。」

我愣了許久，「我沒煮。」

「外送在門外。」

我坐起身，打了個呵欠，「你怎麼知道我沒吃東西？」

「妳是怎樣的個性我還不清楚嗎？」他嘆氣，「先去吃飯，不是要學做生意嗎？明天開始跟我一起上班。」

我腦子根本來不及反應，他說了一大串，我也沒聽懂。

「反正，有吃的在門外是吧？」我邊說邊往門外走，果然看見工讀生手上提著外送袋，

「我看見了，不說了。」

掛上電話，簽收了午餐之後，我趕緊提到餐桌上大快朵頤。

什麼嘛，一副都是我的錯的樣子，我這麼失魂落魄還不是要怪你！

可惡，你不喜歡我，不想跟我過日子，我又不是NG品，難道還沒有人要嗎？從現在開始，我就努力找人談戀愛，我可是城裡有名的富婆呢，這次不找個財大權大的，就找個平凡上班族總可以了吧？

我恨恨的把眼前的東西都吃了個一乾二淨。

還有那什麼工作，我也不是非得要跟你學啊！

我賭氣的在心裡亂想，但都是因爲我不願意細想，謝永明這樣一而再、再而三的拒絕我，是不是因爲他不愛我？

我像頭困獸在大屋子裡打轉，卻找不到出口。明明每天生活在一起，最後他卻說不能給我一個家？

謝永明，我在你心裡就這麼差，差的讓你不願意接受嗎？

還是我根本就不是你心裡最重要的人？你心中已經另有所愛了？

但我實在不想輸給謝永明，於是隔天我便開始跟著他去公司學習經商。

他都可以若無其事，我爲什麼不行？

我賭著一口氣，天天跟他上班，下班後，我就找朋友出去吃飯、逛街，就這樣過了兩個星期，謝永明一點反應也沒有，倒是白宣譽先找了我。

我找了個週末到白家去，棠棠這時候在歐洲念音樂學院，我不禁感慨時光飛逝，她現在也九歲了吧？

她遺傳了白宣茹的外貌，肯定是個很漂亮的女孩。

「哥，找我？」

我走進書房，他正在看資料。

「吃飯了嗎？」他放下資料夾，「要不要讓人煮點東西？」

我搖搖頭。「吃過才出門的。」

我們如今相處起來就像尋常兄妹。事事難料，誰知道經過了這些事情，我們居然還能這樣對坐而談。

「你要跟我說什麼？」我喝著桌上的熱茶。「換啦？不喝大紅袍了？」

「膩了，東方美人味道也不差。」他也給自己倒了杯，「妳跟謝永明吵架了？」

我笑出聲，「哥，你這愛查人的習慣怎麼還不改改？」

「我本來是不想提的，但妳都在街上晃盪兩個多星期了，還老跟一些不怎麼樣的人約會，我不說些什麼都不行。」他神情自然的像是他應該知道這一切一樣。

我讓他逗的發笑，「好歹人家也是青年才俊，只是出身沒這麼好而已，而且哪個不是奮發向上了？」

「那妳倒是說說，沒事跟這些青年才俊約會做什麼？還有誰能比的上妳心中的謝永明？」

「你這話是酸我吧？」我笑睨他。

白宣譽淺笑著沒回答。

我想了一會兒，把謝永明拒絕我的事情跟他說了。

「嗯。」他應聲，明白了整件事。「家裡還有空房，妳可以回來住幾天，若眞要約會，我找人給妳，保證身家清白、沒有不良嗜好，別老跟那些人吃飯，他們是什麼底妳也不清楚，眞不小心對上眼了，我也看不下去。」

我笑起來，白宣譽骨子裡還是那個霸道到極點的黑道老大，年輕時大概會覺得這種保護欲眞是令人心煩，自己正在做些什麼事情，自己難道會不知道嗎？可是現在，我卻爲了這種情感動容鼻酸。

失去父母之後，我才知道這種感情有多麼珍貴，白宣譽願意這樣對我，我很感激。

我揉揉鼻子，把剛剛衝上心頭的酸澀揉散。「約會倒不用了，那些人都乏味得很，我已經失去興致，倒是眞想過來住上一陣子了，行嗎？」

「當然好，今天就可以住下，缺什麼等會兒馬上去買，謝永明那兒我去跟他說。」白宣譽一副說風就是火的性子，即便表面上看起來溫雅，但骨子裡可是個行動派。

「我自己跟他說吧，省得他又誤會。」

「妳還怕他誤會？」白宣譽冷冷的瞟了我一眼，「我家的人什麼時候這麼沒有出息了？妳眞要學經商，我那邊幾間子公司，妳喜歡什麼選什麼，誰稀罕謝永明。」

我大笑，白宣譽這根本就是流氓土匪式的霸氣，哪裡是什麼精英啊？

我就這樣在白家住下了，打給謝永明時，他也沒說什麼，只是讓我小心照顧自己。

我想，我們倆大概也就這樣散了。

也許有一天，我們還能像我跟白宣譽一樣對坐而笑，但現在還是各自冷靜一下吧。

或者，我們終究無緣在一起，不管是從前或未來都一樣。

在白家住下之後，我再也沒有到謝永明那兒上班，倒是去看了看白家的子公司，雖然體質很好，但經營的項目我不喜歡，否則跟著白宣譽學也沒有什麼不行。

我也不好意思在白家長久住下去，所以就請白宣譽幫我找房子。

他雖然一口應允，卻遲遲沒聽見下文，我覺得有些好笑，肯定是他根本沒讓人去找，不然要找一間屋子還難得了他嗎？

這段時間裡，我又搶了白家廚娘的工作，白宣譽則取代了謝永明的位子，天天回家吃晚餐。

我暗自覺得好笑，其實我只是喜歡下廚，也沒有逼他們一定要吃，但不知道為什麼，他們就是有種一定要來吃晚餐的執念。

無妨，有個人陪我一起吃飯有什麼不好？

只是最近我的身體有些虛弱，老是有些就要感冒的感覺，味覺也變的怪怪的，但隔天睡醒又沒事了。

我心想也許是心理影響生理，住到白家來的這些日子，我越來越想念謝永明。

也許時間能夠沖淡那些激昂的情緒，將心裡眞正在乎的事情挑明出來。

他在我生命中已經重要的不能抹去，我跟他鬧鬧脾氣沒有什麼大礙，可是，如果我未來的人生裡，再也沒有他呢？

眞是想像不出來那是什麼樣的情景。

我心裡已不想再跟他賭氣，還是想回到以前每天都有他在我身邊的日子，我好想念他。

我深吸了口氣，要是跟白宣譽說的話，大概又要被罵了。

那該怎麼辦呢？

我打開塑膠袋，白宣譽說今天想吃魚，我來不及出門買，就請廚娘替我準備了食材，打算做紅燒魚料理。

但撲鼻而來的腥味，讓我忍不住攀著洗碗槽吐了起來。

廚娘聽見我的聲音，連忙跑進來替我拍背。

「您還好嗎？」

「還、還好。」我用手盛了水，漱了漱口，「魚什麼時候買的，這麼腥？」

廚娘愣了愣，「剛剛才從魚攤買回來的，我親眼看著魚販殺的。」

這話一說完，反而換我怔愣了，難道是腸胃炎？

「小姐，您是不是懷孕了？」廚娘有些戰戰兢兢的問。

我傻傻的回頭看她，才回想起我的生理期確實遲到一個多月了。

「我、我上樓休息一下，剩下的麻煩妳了。」我讓這消息震驚的幾乎連走都走不太動。

當晚白宣譽一回到家，就立刻把我從床上揪起，拎到醫院去檢查。

我們在醫院待了一個多小時，換來一個令人措手不及的消息。

我懷孕了。

白宣譽的反應比我快很多，當我還傻在一邊的時候，他已經跟醫生問了許多孕期的相關事宜，而後我們一路沉默的回到了家裡。

「哥，我……」

「什麼都不用說。」白宣譽阻止了我，「孩子是妳的，妳想要生，我就請最好的醫生照顧妳，妳不需要管其他事情。」

我熱淚盈眶。

「你怎麼知道我想生下孩子？」

「妳想要一個家。」白宣譽看了我一眼，「如果妳想，我現在就去把謝永明抓來跟妳結婚，憑你哥，這點事情還辦得到！」

雖然他的話裡帶著氣憤，但我聽了反而覺得好笑。

「不用了，我自己會跟他談。」

白宣譽點點頭，「我尊重妳的選擇，但妳要記得，謝永明根本不算什麼。」

回到家之後我洗了個澡，打給謝永明。

謝永明很快就接了，問：「想回來了嗎？」

我笑起來，「是啊，你明天來接我吧。」

「好。」

我們約好時間，掛了電話，我走進白宣譽的書房，和他說了要回去的事情。

白宣譽正在看著從醫院拿回來的資料。

他不太意外，只對我說：「不管發生什麼事情，這裡永遠都是妳家，妳隨時都可以回來；不要倔強、不要死撐，外頭那些地方，哪裡比得上自己的家？」

我忍住眼淚，微微頷首。

那一瞬間，我忽然明白了白宣茹的感受，她這個哥哥也許不太懂愛，也許不太懂得該如何愛人，可是他能給我們的，卻是如此直接溫暖的關愛，他就算有錯，又怎麼能怪他？

隔天，他看著我上了謝永明的車，對我說：「保持聯絡。」

我點了點頭。

回家途中，謝永明本來想要帶我去吃點東西，我卻說想先回家。

他雖然覺得我有些反常，但也同意了。

回到家裡，我把行李安放好之後，倒了一杯酒給他。

「大白天的就喝酒？」

我笑了笑，「你會需要的。」

他立刻皺起眉，「妳要說什麼？」

我看著他的臉，緩緩說道：「我懷孕了，醫生說大約兩個月。」我仔細端詳著他的表情，假如他露出了一點點不樂意，我現在就立刻回白家去。

但等了許久，卻只見他仰頭把那杯酒喝了個一乾二淨，接著他又拿起桌上的紅酒倒滿再喝了一杯。

「那我們結婚吧。」他說。

我定定的看著他，「不。」

他錯愕的說不出話來。

「既然你並不想要給我一個家，那就算多了這個孩子，又怎麼樣？」

「于文斐，妳不要任性。」他眉頭擰的死緊，「此一時彼一時。」

「對我來說都一樣，我不想要你是因爲孩子才和我結婚。」我頓了頓，低下頭，「但是你放心，孩子既然是你的，就不會叫別人爸爸。」

第四章

我見過了你，生命中就再也容不下別人。

亮君出生的時候，我剛過二十六歲生日沒多久。

他當然是跟著我姓于。

亮君非常健康，我想謝永明功不可沒。除了他貢獻出一半的基因之外，還有在整個孕期之中，他都跟看守犯人一樣看著我。

在他知道我懷孕的一個小時之後，就把家裡的酒扔得一瓶也不剩。

我還來不及阻止，那些我珍藏的紅酒白酒，就全都進了馬桶。

「你何必倒掉嘛！」我邊哀號邊看著他，「好酒得來不易啊！」

「一年後我雙倍還妳。」他雙手環胸，「這一年我看一瓶倒一瓶。」

「……是十個月。」

「坐月子妳吃麻油雞就行了，喝什麼酒。」

他接話接的極快，我實在拿他沒輒。

「謝永明，我又不是你老婆，你這是菸酒管制條例嗎？」

「妳是我孩子的媽媽。」他雷打不動，一面回答一面輕輕扶著我坐到沙發上。

「我只是懷孕，又不是得絕症。」

「別亂說話，下次產檢是什麼時候？」

我撈起放在一旁的包包，拿了幾本手冊給他，「吶，我哥給你的。」

「原來我不是第一個知道的。」謝永明接過手冊，淡淡的說。

我笑睨了他一眼，「謝永明，你吃醋啊？」

「怎麼說我都是孩子的爸爸。」他開始專心的讀起手冊，不再理會我。

我起身走到窗台前的躺椅上躺下，鬆了一口氣。

就算我說得堅決，可我真不知道，如果剛才謝永明說的不是「我們結婚吧」，而是「把孩子拿掉吧」，那我會有多傷心。

躺了一會兒，我在椅子上睡著了。

醒來的時候，發現身上多了件毯子，謝永明把筆電從書房裡拿了出來。

我靜靜的看著他，他不知道在讀些什麼，神情專注的很好看。

他察覺到我的目光，抬起頭來，「醒了？餓嗎？」

「一點點。」

「我請個阿姨在家裡陪妳好嗎？」他問。

「不用了，我又沒什麼事情，家裡有外人我不習慣。」

「好吧。」他同意，「妳自在最重要。」

接下來的日子，我也就待在家中，頭四個月孕吐的很嚴重，體重不增反減，幾乎見什麼吐什麼，謝永明跟白宣譽都急得不得了，完全束手無策。

但是一過了五個月，我忽然就變成了好吃好睡的神豬，吃什麼都好，坐著就能睡著。謝永明鬆了口氣，不知道去哪裡學了一手按摩工夫，天天幫我捏著小腿肚，說是怕我水腫的難受，還是常常按摩比較好。

就算我們沒有婚姻關係，我也很滿足了，他工作這麼忙，卻一天也不間斷。只要遇上產檢的日子，也總是陪我一起去，一起回。

他問的問題幾乎讓醫生都忍不住笑，讓他不要這麼緊張，但他下次產檢照樣是一堆問題，甚至連我沒注意到的口味轉變跟食量，也都一一記下。

謝永明本來就善於觀察，這十個月更是卯足全力，那詳細的程度更是讓我覺得他都能出一本懷孕觀察日記了。

亮君出生的時間是三月底，一個介在雙魚跟牡羊之間的寶寶。

我在病床上醒來的時候，謝永明正坐在一邊看著筆電，見我醒來，立刻喊了護士過來，護士檢查完事項之後，對我交待了一些產後護理的事情。

她走後，謝永明用一種我未曾見過的眼神看著我，「謝謝。」

「寶寶健康嗎？」我只想到這個問題。

「很健康。等時間到了他們會把寶寶抱來。」他握住我的手，「原來前十個月都是小菜，生產才是件大事情。」

我自然沒有他感覺強烈，大概是旁觀者才覺得可怕。

好不容易養過月子，離開了月子中心，我跟亮君還有謝永明回到了我們家裡。

儘管我不習慣，謝永明還是找了個有經驗的保母過來。

關於這點我就沒有多加拒絕了，我從沒養過小孩，有保母在也比較安心，真有什麼事情，兩個人還有些照應。

亮君是個很好帶的孩子，不太哭鬧，而且愛笑，常常跟我兩個人笑成一團，保母倒是更像幫忙打掃家裡的阿姨。

於是一年後，我們就把阿姨辭了。

謝永明如今就像是一個完美的好爸爸，只要沒事，下班後就會立刻回家。

像是要補償自己的幼年一樣，他花了非常多時間陪伴亮君，反倒我就被晾在一邊了。

他常常抱著亮君站在窗前，看著夜景，對他說著不知道什麼話，每次我湊近想聽，他就停下了口，好像那是他們父子倆的祕密。

這段日子是我人生中最幸福，也最充實的光陰。

我跟謝永明有了一個家，還有小孩。

雖然常常讓小孩的調皮氣的說不出話，可還是打從心裡感謝老天，讓我能夠過上我最渴望的日子。

白宣譽常趁著謝永明不在的時候來家裡探望我們。

他們倆一直都有點井水不犯河水的味道，但只要不在我面前起衝突就好，我也不覺得他們有任何需要交好的必要。

他多半來去匆匆，每次來一定帶上給我和亮君的禮物，頂多聊上半小時就走了。

孩子出生之後，我才知道日子原來可以過得這麼快，一眨眼，三年過去了。

這三年內，謝永明的公司守住了經濟不景氣，慢慢的擴張，隨著一些副品牌問世，不僅原本的鞋廠，甚至還跨行包包。他越來越忙，回家的時間也就晚了。

漸漸的，等他回來時，小孩子已經睡下。

我替他煮了點宵夜，他常一臉疲憊的模樣，吃沒兩口就說飽。

我們的對話越來越少，謝永明雖然睡在我身邊，但他究竟在做些什麼，我卻不甚知悉。

儘管如此，我也沒深思，以爲等他忙過了這一陣，也許就沒事了。但沒想到，卻等來他對我說要跟別人結婚的消息。

我閉起眼睛，其實早在當初拒絕他時，就想過有這麼一天了，只是沒想到會來的這麼快。

快得我完全沒有準備。

我吸了一口氣，咬緊牙根，又再度深吸了口氣，原來我這輩子也會有找不到聲音的時候。

「好，我知道了。」

謝永明不知道應該要跟我解釋些什麼，也許所有的一切都該解釋，但又似乎不必再多說。

我們就這樣面面相覷，我笑不出來，覺得這一切眞是超展開到令我無法理解。

「妳……」他喝了一大口酒，像是壯膽。「想問我什麼嗎？」

「你想對我說些什麼嗎？」我反問他。

他對我搖搖頭，「我沒有辦法，她是何天白的女兒，我們談好了條件，就三年，之後我們毫無牽扯。」

他簡單解釋幾句，也就把事情說清楚了。我把眼神投向窗外，我沒有資格生氣，但此刻我真想狠狠的嘲弄他一番。

何天白，就是那城裡的政治大老？

謝永明，你什麼時候變成一個必須靠婚姻來獲取權利的人了？要有多高的價碼才能買到你的婚姻？或者其實也不需要太高，反正橫豎是個無本買賣，怎麼樣你都不虧？

你這做法，跟娶了那些千金少奮鬥三十年有什麼差別？

我勾起半邊嘴角，當了母親之後，我學會的第一件事情是堅強。

「是嗎？我不知道該對你說什麼，新婚愉快？祝你順利？」我終究沒忍住那些怨氣，「你結婚就不用發帖子給我了，禮金我也不會包的。」

我自嘲的冷笑了聲，每一次的呼吸都疼的讓我幾乎無法保持理智。

謝永明安靜的承受了我的怒氣。

「對不起。」

「不需要！」我忽然拍桌而起，一直都還能壓抑的情緒，卻因爲他的道歉而崩潰，「我不需要你的愧疚！是我不要你！」

我走出房門，一刻也不願意再看見他。

深呼吸了幾次，我輕輕的走進亮君房裡，坐在床邊。他睡得極熟，看著他跟謝永明相似的眉眼，我的眼淚這才落下。

我仰頭看著窗外，眼淚流入髮際。

好疼，原來會這麼疼。

突然，我聽見房門讓人推開的聲音，謝永明的腳步聲在門口停下，但他終究只是停在那兒。

我在床邊整整坐了一晚，聽見謝永明關門離開的聲音，才走回房裡，略微洗漱過後，換了身衣服，打給白宣譽。

不管那婚姻究竟是怎麼回事，我無法繼續在這裡過下去也是事實。這樣下去，我算什麼？亮君又算什麼？

我把事情簡單的跟白宣譽說了，請他立刻幫我在南部找房子，我今天就要搬走。

他沉默了許久，我以爲他會拒絕，卻沒想到他一口應允，並且先讓我們把平常慣用的東西都準備好，半小時之後要來接我。

掛了電話，我立刻起身，一旦決定要走，收拾起來就很快了。

我收拾了兩大箱子之後，亮君也醒了，我笑著餵他吃了點東西，跟他解釋我們要去外頭玩幾天，他也很高興的理解了。

「舅舅也會跟我們去。」我一邊替他穿衣服，一邊補充。

「那爸爸呢？」

我動作一滯，幾秒鐘之後才答：「爸爸要工作，這次不去。」

謝永明不是沒想過我會帶著亮君出逃，但沒想到會這麼快，更沒想到在白宣譽的影響之下，他會找不到我們。

我收到了他的許多訊息，看是沒有辦法不看的，但至少可以不回。

事情都到了這個程度，已經不是我想怎麼樣就能怎麼樣的了。

何家千金在政商界自然是無人不知，甚至連在演藝圈都是小有名氣，我若是繼續帶著亮君留在那座城裡，遲早有一天會被爆出謝永明有個私生子的事來。

我不在乎何家跟謝永明因此破局，我懷疑何小姐也許根本就知道我們的存在。要是事情一旦公諸於世，對亮君一定會造成極大的傷害。

我曾經自私的不想只是爲了小孩才跟謝永明結婚，現在才知道，最後傷害到的卻是亮君。

所以我必須帶著亮君遠走，藉著白宣譽的勢力，也許可以讓我們有短暫的避風港。

至於未來，那就再說吧。

白宣譽替我們找的地方是一個小鎮，那屋子非常合我心意。

一樓有個庭園，造景雖然不算華美，但卻很溫馨。

冬天的時候，我常常跟亮君在庭園裡曬太陽，夏天時的傍晚，則會和他玩玩球。

白宣譽弄了台鋼琴進來，亮君也常常坐在我腿邊聽著我彈琴。

我時常想起棠棠，想當初認識白宣譽的時候，就是爲了替棠棠找一個替身媽媽，那現在沒有謝永明的亮君，是不是也需要一個爸爸？

白宣譽每隔幾週就會來看我們，屋子裡永遠都有他安排的人。我對他做的一切很感激，否則帶著亮君隻身來到這裡，我沒有把握可以把所有的事情都安排好。

即便如此，不久之後，我還是從新聞大肆的報導上，得知了謝永明跟何家小姐結婚的消息，那幾天我盡量避免看電視，就怕不知道要怎麼跟亮君解釋。

幸好在這個時代，要獲得新知，依靠電視反而是最慢的選擇了。

我看著那些報導，心裡卻沒了感覺。真奇怪，應該要有的。

那天晚上，白宣譽在深夜來訪，亮君早已經睡下。

他提著一袋酒，我很詫異的看著他。

「哥，現在是半夜兩點。」我開了門讓他進來，「你要來怎麼不先跟我說一聲？」

「知道妳肯定還沒睡下，就直接過來了。」他把鑰匙扔在桌上，發出清脆的聲響。

我拿了兩只玻璃杯出來，「你自己開車來？」

「嗯。」他鬆開領帶，開了酒，還拿出了起司。「時間晚了，配著吃吧，別空著胃喝。」

我頷首，對他笑了笑。

「你不用擔心，我會把自己照顧好的，不然亮君怎麼辦？」

「就是這樣我才擔心。」白宣譽在杯子裡倒了三分酒，深紅色的液體散發出神秘的光芒，像是隱藏著許多我們不知道的故事。

「有什麼好擔心的？」我接過酒，嗅了嗅，讓酒香瀰漫胸臆。

白宣譽指著我的胸口，「疼了，妳也不說。」

我深吸了口氣，倔強的揚起下巴。

「其實，也沒這麼疼。」

「忍忍，很快就過了。」

白宣譽這樣說，卻讓我噗哧一聲笑了出來。

「被你說的像是生小孩似的。」我喝了口酒，大概是酒精發揮了作用，心情確實緩和了一些。

「謝永明跟何家千金結婚的原因挺簡單的。」白宣譽開口：「錢多到一個程度就得跟官連結，官大到一個程度，就得拿錢當前鋒。他現在跨足房地產，沒有後盾會很難做事。」

「我明白。」我頷首，眼神看向窗外，「我不怪他。」

白宣譽比我還氣惱，「爲什麼不怪他？」

「他也有他的理由。」我說不出剛剛硬彎起的嘴角是自嘲還是笑意，「無所謂，當初是我不願意嫁給他，也算是我自找的。」

我們倆之間沉默了一陣，只剩酒杯放下時與桌子碰撞的聲音。

「要是回到那時候，妳會願意嫁給他嗎？」白宣譽問。

我尋思了許久，才說：「我很想說不會，但如果是從現在往回看，我會答應。他是爲了亮君才跟我求婚，我會答應的原因，也是爲了給亮君一個身份。」

白宣譽應了聲，表示理解，「那麼，如果現在有機會的話，妳會跟他結婚嗎？」

「哥，你這前提假設錯誤。」我笑，「他已經結婚啦。」

「那妳別管，只要回答我的問題。」他很堅持的問。

我嘆口氣，「會。」

「知道了。」

「你知道什麼了？」白宣譽這個人的想法總讓我捉摸不定，「你可別去搶婚啊。」

「什麼畫面，我一個大男人搶謝永明，成何體統？」

我笑著睨他一眼，「你還說，我覺得你就是會爲了出這一口氣，眞讓人去搶新郎。」

他冷笑，「綁著回來有什麼難的？」

我想也是，這流氓土匪，搞不好手下有好幾百人等著他使喚呢。

「有件事要跟你商量，我想在這附近開間咖啡館。」

白宣譽挑眉看了我一眼，「太閒？」

我莞爾，「還眞是太閒，白天我也無事可做，老是讓亮君看我無所事事也不好。」

白宣譽理解的頷首，「明白了，那就隔壁吧，那空屋也是我們家的，兩邊近點也方便。」

我抿著唇笑，「你在這鄉下地方買這麼多屋子做什麼？」

「置產嘍。」他繼續說下去，「明天我讓助理把裝潢公司都找好，妳直接跟他們溝通妳想要的風格。」

我安靜了一會兒，「哥，謝謝。」

白宣譽先是愣住，而後朝著我擺擺手，「一家人不用道謝，我才感動妳出事的時候沒有一走了之，反而記得來找我求救。」

「你怎麼這樣，人家麻煩你做事你反而高興？」我又好氣又好笑的說。

「妳不知道我多怕，就怕妳跟小茹一樣，門一摔就消失了；再回來的時候，再多的錢都救不了她的頹喪跟絕望。」

話說完，他吐了一口長氣。

當天我們倆一直聊到了將近天亮，才各自回房睡下。

隔天我睡晚了點，醒來時白宣譽已經走了，還是亮君爬到我床上來，叫醒了我。

他有著跟謝永明很相似的眉眼，只是少了他從少年時期就一直抹不去的那股憂鬱。

我也希望亮君永遠別染上他父親那一抹逼不得已。

走出房間，桌上已經準備好食物，亮君早就吃過了，只是又跟著我吃了些。

飯後我看天氣不熱，帶著他到附近的公園轉了轉，沒多久他就睏了。

回到家裡，室內設計師已經在等著我了。

保母把亮君帶去睡，我則跟著室內設計師到隔壁的空房察看，兩邊屋子的格局是一樣的，門前也有片空地。

我們討論了兩個多小時，總算有了雛型，等到真正定案開工，已經是一個月以後的事了。

這段時間我倒是很意外的見到了李曜誠。

那天他沉默的站在我家門前時，我一時還認不出他。

直到他回過身，我才鬆了口氣。

「你一聲不吭的站著做什麼？嚇死我了。」我拍著胸，那瞬間我還真以爲是謝永明。

「妳就這麼狠心，說走就走。」他口氣中聽不出指責的意思。

我笑起來，摸摸亮君的頭，「叫叔叔。」

李曜誠大半的時間都在對岸，比起常常來訪的白宣譽，亮君跟他分外生疏。

他脆脆的喊了人，李曜誠蹲下身，摸摸亮君，伸手抱起他。

我開了門，「進來吧，吃飯了嗎？我讓人做點東西給你。」

李曜誠點點頭，我讓保母把亮君抱進房裡休息，又倒了杯茶給他。

「我知道你從小就是站在謝永明那邊，不過這次我不走不行，所以，你也別幫他說什麼好話了。」我搶在他之前開口。

李曜誠情緒不高，白了我一眼，「我沒說妳錯，我知道是謝永明對不起妳。」

「那倒沒有，我拐走了他兒子，誰欠誰還說不準。」我打趣道。

「我從前就摸不透妳，如今更猜不出妳的心思了。」李曜誠嘆了口氣，「我一直以爲妳會跟謝永明在一起，但爲什麼孩子都生了，你們卻還是這樣？」

我垂下眼，彎起嘴角，「有緣無份。」

有時這世上發生的許多事情，只是爲了讓自己能一次又一次的看清楚答案。

而有些答案，一次次的看明白之後，就會麻木。

「你怎麼找到這裡來的？」我問。

「白大哥讓我來的。」他說：「全世界都找不到妳，我怎麼有辦法？」

「我想也是。」

「妳介意我拍張照回去給謝永明嗎？」他忽然開口。

我笑著撇過頭，「李曜誠，你這是幫誰啊？」

「我誰也不幫，妳不想見他，我就不會告訴他妳在哪裡；但是他想見你，我只能拍張照回去給他。」

我搖頭笑道：「我以爲你變的圓融了，卻還是跟以前一樣，總是選兩邊不討好的事情做。」

「你們的關係，比起我處理過的許多事情都還要複雜。」

「不，我們再簡單不過，只是因爲你太在乎，所以才看不透。」

李曜誠喝光了手上的那杯茶。

「謝永明讓我跟妳解釋些什麼，但我想妳已經都知道了。」

「我都知道了。留下來住一晚吧，從這裡回去得要好久。」

他搖搖頭，「明天早上我有個會議，後天就飛大陸了，下次再見要等幾個月後了。」

我知道他是百忙之中擠出時間過來的。

「辛苦了。」

李曜誠若有所思的看著我，似乎有什麼話要說。

「我以前喜歡過妳。」

我嚇得嗆咳起來，怎麼都想不到他會說出這番話來。

他見狀卻大笑起來，「見到妳慌張，我也就放心了。」

「李曜誠，你別開這種玩笑！」我邊咳邊罵。

「我沒有開玩笑。」他的眼神很認眞，「我知道我搶不贏謝永明，妳的心裡一直都只有他，所以我就退讓了。」

我沉默，轉頭看向窗外，迴避著他的目光。

「我也一直認爲，只有他才配的上妳，他見過妳多麼青春飛揚的時期，也見過妳意氣風發的時候；那時的妳亮眼的連我都自慚形穢，只有他敢一直站在妳身邊，不怕被妳比下去。所以就連妳跟白大哥交往的時候，我也始終認爲他才是最後會跟妳走在一起的人。」

我抿緊唇，不知道該做何感想。

原來在外人眼中，我跟謝永明的關係居然是這樣的嗎？

想起過去的這些事情，我忽然鼻酸起來。

驀地回首一看，才知道原來已經走了這麼遠。

「你怎麼忽然提起這個？」我扯開話題。

李曜誠微微彎起唇角，卻不像在笑，「我剛剛站在妳門前時，忍不住想，如果一開始是我跟妳在一起，妳是不是就不會受傷？我是不是就不會愛上小茹？」

我沉默著，這前提錯誤的問題，隱藏著太多的傷痕。

「我們都會走過的。」我微微一笑，「你會遇到更適合你的人。」

「那妳呢？」他追問。

我聳聳肩，試著淡化情緒，「我又爲什麼不行？我也是單身啊。」

「但願如此。」

「你跟他說，我暫時不想見他，亮君也是，請他好好的過自己的人生。」

也許我們就這樣各過各的日子，這也未嘗不是一件壞事。

「好。」他頓了頓，「那我可以再來嗎？」

「可以啊。」我給他一個笑容，「下次要來之前先打個電話，說不定我能順便拜託你買些什麼過來。」

李曜誠臉上一直都沒有笑意，搖了搖頭，「有什麼白大哥不能給妳？」

「他願意對我好跟我理所當然的接受，那是兩回事。」我深吸了口氣，「李曜誠，你看起來重利輕情意，但其實你是我們之中最重感情的。」

他斜睨了我一眼，「我都爲你們操碎了心，妳現在才發現。」

我大笑，「李曜誠，你放心吧，我是個自私的人，永遠不會委屈自己。」

「我巴不得妳是如此。」他嘆道：「妳最大的缺點就是太過倔強了。」

「失去了自尊，人生還剩下什麼呢？」我望向遠方，「也許自尊是人生中最不需要的東西，但如果我連自尊都沒有了，還能怎麼辦？」

◆

三個月後，咖啡館開幕了。

那是一個下雨的冬天，許多人看在白宣譽發出去的帖子份上，就算人沒到，祝賀的花圈也都送來了。

我在花圈中看見了謝永明的名字，不免一時怔愣，眼淚猝不及防。

那是他親筆寫的字。

在那段我們天天一起度過的年少時代，我看過了多少次他的字，如同他的人一樣剛勁堅毅。

那時的我們，大概怎麼想也想不到會演變成今天這個局面。

謝永明，你會想我們母子嗎？會想我嗎？

還是對你而言，我們只是你的過客，無事時自然萬事周全，逼不得已時，只好拋下？

就算傷心，也只能顧全大局？

只是，這個大局，是誰的大局？

我閉上了眼。

其實，我早知道你是這樣的人，只是我見過了你，生命中就再也容不下別人。我能談笑風生的跟李曜誠說著謊話，不代表能騙得了自己。

深深吸了口氣，寒涼的冬氣凍人心肺。

去忙會兒吧，日子才不至於這麼難挨。

我剛轉身，亮君已經找了過來，幸好他還不會識字。

忙著咖啡店的日子過的很快，小鎮的生活簡單，偶爾也會有一些學生跟家庭主婦來店裡坐坐，我大多會在晚上把隔天要賣的手工餅乾與麵包都先做好。

其實主要也不是爲了賺錢，所以賣得很便宜，幾年下來也累積了不少老顧客。

這幾年，亮君的戶籍也遷到這裡，方便他上學。

我就算關心著謝永明，但許多事情是無法從網路上得知的，白宣譽也極少對我提起他，倒是李曜誠三、五個月會來一趟，估計是受了謝永明的囑託。

一開始他還會對我提起謝永明的事情，但我已經離那個世界太遠，其中的權利角力多麼複雜，又怎麼是我這個局外人能明白的？因此，許多事情聽著聽著，我也給不了意見，漸漸的李曜誠也就少說了，只挑重要的事說。

「媽咪。」亮君從門口跑進來，抱住了我。

他九月才上的小學，天天都期盼著去學校玩。

我抱起他，親了幾下，南部天氣熱，就這麼點路，他已經流了一身汗。

「我們先去換衣服吧。」

我轉頭跟工讀生交待了幾句，牽著他回到家裡，幫他換了身乾淨的衣服，亮君賴著要聽我彈琴。我們母子一起坐到鋼琴前，我先彈了幾首他喜歡的輕快曲子，見他漸漸睏了，就換彈緩慢的抒情曲。

老實說，我心裡還是覺得對不起亮君的。

剛搬來時他還會問起謝永明，但幾次下來都問不出結果之後，他也不再多問。

這一點不知道是像謝永明，還是像我？

可是亮君還這麼小，我寧可他問，也不想讓他悶在心裡。

「亮君，你想爸爸嗎？」我開口問他。

他偏著頭想了一會兒，抱著我，「不想。我們班的同學說，他爸爸不要他們，跟別的阿姨結婚了，所以他就沒有爸爸，之後很久很久都沒有看過他爸爸。我也很久很久沒有見過爸爸，所以我不想一個不要我的爸爸。」

我沒想到他心裡會這樣想，又是心疼又是好笑，這麼偏激的個性，肯定是遺傳到謝永明。

我抱起他放在腿上，「爸爸沒有不愛你，只是……」

他亮著眼睛等著我的下文，「他只是因爲工作很忙，再過幾天就會來看你了。」

我看見他的眼眸黯淡了下來，靠在我胸口，什麼話也沒說。

這個藉口我都不知道用過多少次了，他會有這種反應也是應該的。

「可是，爲什麼爸爸都不打電話給我們呢？」他喃喃的問，「我們班的同學說，她爸爸出差的時候都會打電話回家，出差是什麼意思？爸爸也是出差嗎？」

我一陣鼻酸，對不起，都是媽咪不好，我捏捏鼻梁，忍住眼淚。

但是你這小鬼，腦袋裡面到底都裝了什麼？不是才七歲嗎？邏輯推演能力不差啊。

他看著我，小臉仍然掛著一絲期待。

「這樣好不好，我們現在就打電話給爸爸。」

我投降了，我的自尊怎麼跟正需要父愛的孩子比呢？

亮君猛然跳起來，撞在我下巴上，我們倆哀號了一聲，又一起笑出來。

我替他揉揉頭，他舉起小手摸摸我的臉，我們互相摸著對方，相視而笑。

我從口袋裡拿出手機，找到謝永明的名字，按下通話鍵。

這個號碼，我已經三年不曾打過。謝永明，你曾經說過的三年還作數嗎？我能不能自私的求你回來？

當初說要走的是我，如今你還願意聽我說嗎？

我腦子裡有許多話想說，好多問題想問，但等了許久，這通電話並沒有人接聽。

我放下手機的時候，亮君的小臉上都是失落。

「我們先去睡午覺，然後把功課寫一寫，今天舅舅會來，我們再請舅舅幫忙好不好？」

他乖乖的點頭，我拉著他的手走入房間，陪他玩鬧了一下，沒多久他就笑著睡著了，我卻坐在床上發起愣來。

謝永明沒接電話，也許是因爲在忙，但會不會是……我甩甩頭，就算他已經忘了我們，那也是理所當然的。

我這一生，只有在年輕的時候才懂得什麼是肆無忌憚，因爲那時有爸媽護著。後來，該珍惜的時候不懂得珍惜，想擁有的時候卻失去了；能獲得的時候卻放棄了，才會落得這一個不進不退的下場。

若只有我一人那也無所謂，偏偏……

我看著熟睡的亮君。

無論如何，這孩子能過上怎麼樣的人生，目前還是我能控制的，如果可以，我希望能把世界上最適合他的東西都放到他的生命中，護著他如同我的父母護著我一樣，希望亮君過的是這世上最舒適的日子。

爲此，我不惜拋棄自尊。

那些我緊緊攢在手中的過往，爲了亮君，我提得起也放得下。

從我父母死後，我不曾再爭取過些什麼，只覺得我爭不過天，人總該順其自然。

如今，我願意再爭一把，就算我已經離開遊戲場子許久，技巧也生疏了，但我想有些事情，不會那麼輕易忘記的。

當天晚上，白宣譽帶著新玩具前來，亮君的記性一向很好，一見到白宣譽就跳上去抱著他的頸子喊：「舅舅，我要找爸爸。」

白宣譽很是詫異，眼神悄悄投向我。

我點了點頭，他了然於心的頷首。

「好呀，舅舅幫你找爸爸。」他哄著亮君的姿態早已經訓練有加。

我們三人吃過晚飯，白宣譽跟亮君玩著新玩具，我坐在一旁看著他們，亮君沒多久就打了個呵欠，我讓保母把他抱去睡了之後，白宣譽立刻就問了。

我也不扭捏隱瞞，把下午我跟亮君的對話都說了。

連加油添醋也不用，想想那麼小的一個孩子，這麼賭氣的說不要一個不愛他的爸爸，誰都知道這不是件好事。我現在想起，還覺得有些害怕，倘若我今天沒問，亮君還不知道要埋在心裡多久。

白宣譽聽完也沉默了，「好吧，我知道了，只是要等一等。」

「好。」我頓了頓，「要是不行就算了，我自己有辦法。」

白宣譽的眼光在我臉上轉了一圈。「妳鐵了心要把他找回來？」

「是。」

他嘆了口氣。我要是他，或許也會嘆氣吧。

這天晚上我們比往常都還要沉默安靜，他心裡在想什麼我不在乎，他若願意說，我就聽；他若不願意，我一個問題也不會多問。

隔天一早，白宣譽就走了，他每次都是這麼來去匆匆，我也沒放在心上。

我琢磨了幾天，想著是否要再打通電話給謝永明的時候，卻看見網路上出現了他跟何家千金離婚的消息。

時間點這麼準？是他遵守著自己說出的三年之約，還是白宣譽出了什麼力？

我低頭尋思，才發現這幾年實在過的太安逸，不問世事的下場就是現在無從分析。

謝永明跟何家聯姻之後，勢力到了什麼程度？他離婚是在計畫之內，還是有更好的選擇？白宣譽就算富可敵國，難道就動得了他們倆的婚姻關係？

這一切我都分析不出個所以然來，我用一枝筆挽起了一頭長髮，看著網路上蒐集列印下來的資訊，嘗試著找出一些突破點，但最後只能頹然放棄。

于文斐，看看妳這些年都幹了些什麼，妳以爲什麼事情都能手到擒來？事到關頭，妳看看妳能爲亮君做什麼？除了奔逃很有行動力之外，妳還會什麼？

我靠在吧台上，很是瞧不起自己以往的自負。

想了許久，我依然只剩下那招，但現在恐怕不是一個好時機。媒體爆出離婚後，謝永明大概也有不少事情要處理，恐怕也沒空接我電話。

左右盤算之下，我終究什麼也沒做。

都等幾年了，還差這幾天嗎？他若看到我的未接來電，有空有心情自然會回；要是沒有，那我再打也不會有回應。

給了自己一個安穩的藉口，我倒了一杯咖啡。

早上的咖啡館幾乎沒有客人，工讀生在旁邊滑著手機。

我只是等著，等著時間，或等著下雨，讓一切都能得到重新洗淨的機會。

而我等來的，卻是一個站在門外的謝永明。

送亮君去學校之後，我回到咖啡館，看見他就站在門外。

他聽見腳步聲，跟著回頭，我們四目相接。

那一瞬間，我似乎連呼吸都忘了。

謝永明站在陽光下，還像是我記憶中的模樣，只是他眼神裡的情緒那樣濃烈，讓我什麼話也說不出來。

半晌，我才吶吶的脫口而出：「你……怎麼來了？」

「妳願意見我，我就來了。」

我還是有些震驚，「可是，你沒有回我電話，怎麼知道……」

「于文斐，我從來不曾停止關心妳。」

能把這麼溫柔的話語說得如此冷淡，恐怕也算是一種才能吧？此時此刻，我什麼話都說不出來。

「亮、亮君去上課了。」

「我知道。」

我們就這樣站在原地，好像誰也沒辦法先朝對方跨出第一步。

日陽偏移了些，窗戶反射的光芒直射進我的眼睛，我抬起手遮，下一瞬間卻讓他一把抱進懷裡，「走了這麼久，一句話都不留，妳真狠。」

我回抱住他，什麼話也沒說。

太久不見了，我幾乎忘了在他懷中是什麼感覺，直到這一秒才明白，原來不是忘記，只是沒有想起。

「對不起，我沒有立場。」我埋在他胸口，悶聲說：「我還有什麼立場跟你多說一句話？」

「我知道。」他的聲音在我耳邊響起，「所以我沒有逼妳，我知道妳沒有躲著我，也沒有拒絕李曜誠的探望，妳依然在我看得見的地方等我。」

是的，我在等你。

我抱緊了他，眼淚落在他的西裝上。

「所以在事情結束之後，我來了。」他開口。

「我以為……我們可能再也不會見面了，整整三年的時間，你就算愛上別人，也情有可原。」

他拉開了些距離，直勾勾的盯著我。

「妳不就是用這三年與我賭一把嗎？假如我離開，妳也就沒有任何愧疚了，假如我回來，那麼我就是妳的了。」他瞪著我，眼底卻帶著笑意，「他們只看見妳的果斷決絕，卻不知道妳有的從來就只是盲目的勇氣。」

「我成功了是不是？」我依然止不住眼淚，「謝永明，我成功了是嗎？」

他深吸了口氣，「雖然不願意承認，但，是的。」

「那你為什麼不接我電話？」

「看見妳打來，我就知道妳願意見我了。」他的眼神在我臉上打轉。「分離了這麼久，我不想跟妳說的第一句話是透過手機。」他的雙手扣在我的後腰，「本來還有許多事要處理，但我想，我再不來，妳又要跑到天涯海角；恐怕我不會再有這麼好的運氣，等到妳先示弱。」

我搖搖頭，他不知道，爲了亮君，我還會再打第二次、第三次，直到把他找回來爲止。

「進來坐會兒吧，中午亮君就下課了，他很想你。」

謝永明頷首，同時給了我一個爆栗，沒好氣的罵道：「誰害得我兒子三年見不到我？」

「你自己那滿城風雨，可不是我招來的。」

人都來了，我也能逞口舌之快了吧？

謝永明並沒有久待，等到亮君放學回來，跟我們吃了一頓飯，下午就回城裡了。

亮君當天晚上抱著我，賴在我身上，不停的問著謝永明的事情。其實許多事情他早已經聽過，卻還是一問再問，我也不厭其煩的回答，直到他終於睡著爲止。

原來亮君比我想像中還需要謝永明，他不僅僅是需要一個父親當成他的模範，更需要父愛。

我想著想著，也沉入夢鄉。

等到醒來的時候，已經早上五點了。

自從搬來小鎮，我已經習慣早起。

披上外袍，我走到客廳裡看著晨光微熹。

謝永明回來了我很高興，但總覺得事情沒有這麼簡單，說不上是什麼原因，就是一種直覺。

沒過多久，我送亮君上課，他還不停追問謝永明什麼時候會再來，直到走到教室門口他還不肯進去，我只好恐嚇他再不進去，謝永明就永遠不回來，他才終於乖乖聽話。

想不到我的話竟然一語成讖，回到家裡看見的第一則新聞就是謝家破產，謝永明被羈押入獄。

所以，他昨天是特地過來見我們的嗎?!

不論是網路還是電視上，所有的媒體都在報導這件事情，但各家眾說紛紜，幾乎沒有一個來源是百分之百沒有破綻。

我看完所有新聞，在家裡急得團團轉，拿起手機就播給白宣譽。

他比我早一步知道消息，我什麼都還沒說，他就開口了。

「我知道妳要說什麼。」

我皺起眉頭，「哥，我們有什麼辦法？」

「沒有辦法。」

他的回答讓我有了點想法。「哥，你弄的？」

「是。」

我沉默，可以理解。

「文斐，我們不是非要謝永明不可。」他語氣堅定，「我不可能原諒同一個人兩次。」

我忽然明白了爲什麼謝家會這麼突然的直接宣告破產。任何一家有規模的公司，都有無數辦法可以避免，至少能拖上一點時間。

如果上次白宣譽對謝永明是君子之爭，那這次恐怕沒有這麼簡單。

我深深吸了一口氣，「哥，不是謝永明的錯。」

「難道還是我的錯嗎？」白宣譽冷笑，我幾乎可以看見他的面容是多麼的冷冽。「文斐，妳愛他，所以看不清楚。」

「不，我一直都知道他是怎麼樣的人。」我打斷他的話，「但他是亮君的爸爸。」

「那又如何？有這樣冷情的爸爸，亮君不如早點習慣沒有父親的日子。」白宣譽絲毫不退讓，「妳下不了決心，我替妳決定。」

「哥！」我火氣都上來了，「這樣對我們有什麼好處？」

「他離開你們就是最大的好處！」白宣譽也動了氣，「妳這一生哪次傷心不是爲了他？」

我沉默。

白宣譽說得沒錯，若不是我心甘情願，這世界上誰傷害得了我？

「總之，妳要找人幫忙就去吧，我不會收手。」

他說完便掛上電話。我看著手機，皺著眉頭，毫無辦法。

白宣譽都這麼說了，事情肯定在短時間內沒有轉圜的餘地。

但是不找他，如今在這城裡，又有誰可以幫謝永明？

爲此，我大費周章的找到了何家千金，我們約在城裡的一間咖啡店碰面。我走進店裡，還沒打給她，她已經朝我走來。

「久仰大名。」

她對我露出笑容。我很是詫異，沒道理她認得出我。

「我常看謝永明拿著妳的照片，還有個孩子。」她笑吟吟的，像是毫無芥蒂一樣。

我回她一個微笑，「是，那是我的孩子。」

「真想不到，妳還這麼年輕。」

何麗袖非常漂亮，笑起來的時候，連我都會忍不住多看幾眼；比起白宣茹那種小龍女似的氣質，她大概能算上趙敏那一類型的，渾身散發出天生的公主氣息。

「我一直想見見妳，也想跟妳道歉，我當時有逼不得已的原因必須跟謝永明結婚，但妳放心，我們什麼事情也沒發生，他是我見過最潔身自愛的好男人。」何麗袖笑著，言談之中都是讚賞。

我點頭，其實並不知道應該說些什麼。「我相信妳。」

她看出了我的想法，又說：「妳相信的是謝永明。」

我低下眼簾笑了笑，「我自己都不確定。」

「不說這些了，妳今天找我有什麼事？」她快人快語的問。

「我想跟妳聊聊謝永明現在的情況。」

「我沒有辦法。」她搖頭，「我跟他有過婚姻關係，所有的動作都會被放大檢視，更何況那些事情他也很難完全置身事外。」

這些我都明白，只是仍然想試試，我不能眼睜睜看著他身陷囹圄。

「還有什麼辦法可以幫他？」

「待著別動。」何麗袖答的非常快，而後又對我一笑，「妳幫不了他的。」

我對這答案雖然不意外，但並不滿意。

「要不然妳去找找白家吧，就我所知，事情是他們弄出來的。」

這眞是最沒有幫助的答案。

「好，謝謝妳。」我嘆了口氣，要是可以，我也想去找白宣譽幫忙。「如果有其他方法，請妳一定要告訴我。」

何麗袖靜靜的看了我一會兒，「謝永明曾經對我說過，這輩子他如果不愛妳，也不會愛上別人。」

「啊？」她突如其來的話讓我一愣。

「我想我現在知道爲什麼了。」

「爲什麼？」

「妳跟他分開的這些年，獨自一個人辛苦的帶著孩子，最後他出事了，爲他奔走的人卻是妳。妳這樣深的感情，他就算不愛上妳，也不會愛上別人。」

我思考著她話裡的意思，她又繼續說：「當他見過有人能愛他到這樣的境界，其他的人再怎麼深情也永遠比不上妳。有句話是這麼說的，『曾經滄海難爲水，除卻巫山不是雲。』你們的感情太厚實，扣掉了愛情還有友情，扣掉了友情還有親情，妳還有隨時爲了他奮不顧身的勇氣，這一切他人都無可取代。」

我苦笑。

可惜見過了滄海，倒不如沒有見過；他今日的處境，我不能說完全沒有關係。

跟何麗袖分開之後，我去看了謝永明。他看起來精神不錯，雖然瘦了點，但還能跟我說笑。

許多事情我們避而不談，我說等他出來，我們一起回去經營咖啡館，不求富貴，只求溫飽。

他笑著說好。

會客的時間很短，加上有人監視，我們也說不上幾句話，沉默的時間佔了多數，但我們都捨不得離開，誰也不知道要過多久才能再見面。

很快的，一旁守著的警員過來提醒我時間已經到了。

我朝著謝永明揮揮手，「會沒事的。」

他只是笑，「于文斐，你還記得我們年輕的時候，妳總是讓我氣得咬牙切齒嗎？」

「我當然記得。」那是我們最好的時光，也是我最無憂無慮的歲月。

「你說，我們的兒子，以後會不會也有一個這樣的女孩守著他？」

我不禁鼻酸，「當然會。」

「我很想看看兒子的眼光是不是跟我一樣。」

「好，我們一起看。」我想笑，但終究只能勉強彎彎嘴角，「我會想辦法。」

「我沒告訴妳，妳爸媽的公司一直都經營的很好，去看看吧。」他很坦然，一點也不怕別人知道，「我想白宣譽知道的，妳要有什麼不懂就問他，最後一點留在身邊的東西，不要賭氣賣了或者做出什麼傻事來。」

我聽不下謝永明這種說話的態度，抬起手，「知道了，有什麼事情不能回家說，你是竊盜賣國了，還是幹了什麼十惡不赦的事情？」

謝永明笑出聲，眼神一沉，「挨得過的，妳別做愚蠢的事情。」

我心裡一跳，還想再說什麼，又讓一旁的員警催促了第二次。

「我不是那樣的人。」

「妳是。」謝永明直直的看著我，「文斐，好好待著，等我去找妳。」

我抿緊唇，咬牙轉身離開。

謝永明，只要有任何一點機會，我都願意去試。

我驅車奔向白家，白宣譽不在，但下人都是熟面孔，讓我進屋等著。我在客廳坐了一會兒，又到了白宣茹的房裡待著。

她走得太早，我幾乎想不太起她的模樣。

只能依稀記得那段日子，我們過得極爲愉悅，她死前的那一年，也是我認識她以來最燦爛的模樣。

「如果妳還在，哥或者就不會這樣對待謝永明了。」我站在她的相片前，看著她說。

這房間依然保留著白宣茹所有的東西，就像是她還活著一樣，半點都不染塵。

「妳來了。」我身後忽然傳來白宣譽的聲音。

「哥，你怎麼這麼早？」

「他們說妳找我，我就回來了。」他一身從容，「有事？」

「要怎麼樣你才能放過他？」

「我爲什麼要原諒他？」他冷笑，「我視若珍寶的東西，讓他這樣糟蹋，他憑什麼？」

天色暗了下來，黃昏的光芒灑入房間裡頭，將影子拉長的不成人型。

「如果我願意離開他，你能不能幫他？」

白宣譽像是沒想到我會這麼提，很明顯的愣了一愣。

「既然如此，他在哪裡又有什麼不同？」

我吐了口長氣，「我始終希望他快樂。」

白宣譽狠狠的擰起眉頭，「于文斐，妳想清楚，妳要離開他換取他的自由？妳知不知道沒有了妳，他會過的更加舒心愉快？妳真以為他非妳不可？」

「不。」我定定的看著白宣譽，「是我非他不可。」

所以，他在不在我身邊都沒有關係，我何不換他自由？

「我的人生不可能沒有他，過去也是，未來也是。」

謝永明依舊被關著，白宣譽這次是鐵了心，我說什麼他都不聽。

後來我又見過白宣譽幾次，他只是淡淡的跟我應答，我只好自討沒趣的離開。

很快的，收押期限到了，謝永明被放了出來，他無處可去，就回到我在小鎮的家。

那天本來是白宣譽慣常會來的週五，可他卻沒來，連一通電話都沒有。

亮君賴在謝永明懷裡，他們父子膩在一起說話，像是從來沒有分開過。

我拿著手機走到陽台上。

南部的冬天雖然不冷，但溫差極大，常常凍得我發抖。

響了幾聲之後，電話通了。

「哥，你好嗎？」手機那頭依然沉默，我又喊了一聲。

「謝永明到家了吧？」

「他在跟亮君說話。」我頓了頓，「其實這也是你家，你別這樣。」

白宣譽低笑了聲，「有他在的場合我去，妳就不怕我們倆打起來？」

「你們倆怎麼會在我面前打起來？」我嘗試著用笑聲沖散情緒，「你是我哥，他是我丈夫，你們怎麼捨得讓我爲難？」

路上的摩托車呼嘯而過，留下了一道劃破天際的刺耳引擎聲。

「那在妳心裡，究竟是誰更重些？」

「我隨時都願意爲了你們奮不顧身。」我想也沒想的回答，「如果沒有你，我跟亮君恐怕得要流落街頭。」

「可妳還是要回到那個傷妳那麼重的人身邊。」白宣譽的口氣很冷，還帶著一點失落。

我垂下眼，「哥，我都跟你解釋過了。」

「既然如此，我只能給妳一句話。」

我以爲他會說什麼自作自受之類的話，沒想到他卻說：「妳讓謝永明等著吧。」

「哥！」

但回應我的，只有掛斷後的嘟嘟聲。

我站在窗台好一會兒，不知道該怎麼進屋去面對謝永明，沒想到他已經走了出來，在我肩上披了條毯子。

「別著涼了。」

我回頭看他，他一臉平靜，像是不曾經歷許多事情一般。

「亮君呢？」

「保母帶去睡覺了，說明天還要上課。」

「嗯。」我深深吸了口氣，「我……不知道該怎麼幫你。」

以前年少，以爲自己什麼忙都能幫，還爲了謝永明拒絕我的幫忙而生氣，如今才明白，那時候的我有多麼天眞。

「不要緊，待著就好。」他從背後將我擁入懷中。「別答應白宣譽任何事情。」

我側耳聽著他的心跳，「如果我離開，你能把亮君照顧好嗎？」

我捨不得帶著亮君吃苦，他爲了我們，已經體會太多其他小孩不必經歷的事情。

謝永明把手縮緊了些。「別說傻話了，沒有妳，我們就不是一個完整的家。」他的體溫從我背後傳來，暖著我。

「一直以來都是因爲妳，我們才有公轉的方向，否則我們終究只是毫不相干的陌生人，李曜誠、白宣譽、我跟亮君，都是如此。」

我深吸了口氣，勉強的笑道：「怎麼被關了幾天，出來變得這麼會說話了，當初那個沉默寡言的少年呢？」

「當初那個沉默的少年忽然明白，有些話現在不說，恐怕就再也沒有機會說了。」

我們讓濃濃的愁緒籠罩，謝永明的心智比我想像的還要堅強，就算接下來可能要面對長達五年以上的牢獄之災，他也依然那樣鎭定。

我卻是想笑也笑不出來，故作輕鬆之後反而更加沉重。

「週末的時候一起出去玩吧？」我輕輕的問：「從亮君出生之後，我們就很少一同出遊了。」

起初是他太小，而後是隔著那一段長長的分離。

「好。」他應允，帶我回到了屋裡。

我們像是過去一樣，坐在落地窗前喝著紅酒。

以前有個問題是這樣的：如果明天就是世界末日，你現在最想做什麼事？

我現在知道，如果明天就是世界末日，我最想做的事情就是跟謝永明待在一起，我們一家人都能待在一起。

我問了謝永明這個問題。

他想了想，「不做什麼吧，回首過去，其實該有的我都有了。我打敗了我大哥跟大姨，也有了自己的城堡，有花不完的錢、嚐不盡的美酒，別人要存兩個月才勉強吃得起的餐廳，只要我想就隨時都可以去。」

他的側臉讓昏黃的燈光渲染出陰影。

「可是，文斐妳知道嗎？我最想念的還是我們的高中時代，那段不知道天高地厚的歲月。」

我微笑，是啊，我也是。

「後來擁有的只是越來越多的欲望，得到了一個總會有下一個；錢是永遠都不夠用的，不夠填補那些欲望，就算我想要的都已經擁有了，卻還是想要更多。有錢還不夠，我想要權。」他繼續說下去，「我不想要受制於人，才跟何家聯手，以爲能藉此鞏固自己的地位，沒想到人外永遠都還有高人。」

我靜靜的聽著。

「我以前很羨慕白宣譽，他就算洗白了，還是這麼強悍；他要弄死我，幾乎不費吹灰之力。」

提起他，我臉色有些變了。

謝永明看著窗外，像是能看見很遠的未來和很久之前的過去。

「可是，他心裡應該很空虛吧。」他笑道。

我彎起嘴角，「所以你跟何家結盟就是爲了打倒他？」

謝永明沒回答，但我已經知道了他的答案。

「任何事情都要到了最後，才知道値不值得。」我說。

「那妳呢？有沒有什麼後悔莫及的事情？」謝永明轉過頭看我。

我笑起來，「有一件。」

「哦？」謝永明很吃驚的模樣，「我以爲妳的行動力就是爲了此生不留遺憾。」

我點頭，「大部分的時候是的，但我唯一後悔的事情是，沒有答應你的求婚。」

謝永明低聲輕笑，像是夏夜的風那樣清爽。

「說說妳的理由。」

我抬頭看著窗外的冬夜星空。「你想，如果那時候我答應了，你就不會跟何家結盟，那麼也許今天所有的一切，都將會有所不同了。」

謝永明跟著我的目光望了出去。

「其實不怪妳，是我一次又一次的拒絕妳，把我們之間的路都燒盡了。」他低語，「一直以來都是我的問題。」

我但笑不語，現在說這些希望能回到過去的話，不過只是自我安慰而已。

◆

過了幾週，還沒約好日子，李曜誠就已經登門拜訪。

我一開門，他鞋子沒脫就踩進屋裡來。

「喂！」

謝永明讓我的聲音喊得回過頭，恰好對上李曜誠的視線。

「回來了？」他平淡的問。

「嗯，來看你們。」

他逕自拉開椅子坐下，我嘆了口氣，「你一副來尋仇的模樣，怎麼，我得罪你啦？」

「還沒有，但快了。」李曜誠瞪我一眼，「謝永明出來了妳也不通知我？」

「你也該避著點吧？事情還沒落幕，人家若查到你頭上，我可不覺得你能有多清白。」

李曜誠往桌上一拍，「避什麼避，那點小事有什麼好查的，老子是正派做事，正經做人。」

「我不信。」謝永明莞爾，「倒也不必特地來見我，我這不好好的嗎？」

李曜誠搖頭，「你這人什麼情緒都藏在心裡，我不來，難道你會去找我嗎？我們多少年的交情了，你出事我幫不上忙，至少要見你一面。」

「你總愛做些吃力不討好的事情。」我笑斥道，「你見他這一面，李伯伯不知道要花多少心神替你善後。」

「就算這樣我也要來。」他說，「謝永明，我想辦法替你疏通，這事情未必這麼糟。」

謝永明還想說話，我抬手打斷他們。

「我們可否移駕隔壁咖啡館？兩位大少不需要賺錢吃飯，我需要的。」我打趣道。

李曜誠大手一揮，「准奏。」

這土皇帝當得挺有樣子的啊？我忍不住笑出來。

走進咖啡廳裡，工讀生已經將環境都打掃乾淨了。

我忽然想起，我們現在就像是高中時候的三人行，總是窩在李曜誠的會所，像是在商量著什麼秘密一樣，其實不過在閒聊而已。

「我很高興見到你。」我端上一杯咖啡給他。

他惡狠狠的瞪了我一眼，「每次都讓我眼巴巴的自己黏上來，妳有沒有當我是朋友？」

「李曜誠，當你是朋友才沒告訴你，要不是白宣譽護著我，這咖啡館外頭早就擠滿了記者，說不定在你來的路上，已經讓人拍了許多照片了。」我比比外頭，「更別說這是一個全民記者的時代，你就不要讓小鎮裡的人認出來，拍照上傳到facebook，下一個遭殃的就是你。」

他端起杯子喝了一口，轉頭對著謝永明問：「你怎麼找了個這麼吵的女人？」

「我不入地獄誰入？」

我笑著別過臉，「你們倆，還有心情開玩笑啊？」

他們相視，同時笑了起來。

「文斐，妳還記得那句話嗎？」李曜誠眼珠轉了轉，「出來混，總是要還的。」

「怎麼不記得？」這句話流行了好一陣子，直到現在都還會看見有人用。

「我只是覺得，既然要還，何不開開心心的還？」他答，「而且這傢伙做對的唯一一件事，就是讓妳家的公司什麼非法的事情都不沾，乾淨的像是異類。」

「怎麼說？」我還真是不懂他的意思。

「近的我們不說，等風頭過去，謝永明要東山再起也不無可能，現在這件事，不過是一點小波折。」

李曜誠永遠都有無比的正向思考能量。

「你說的容易，那該怎麼疏通？我哥哪有這麼好打發？」我橫了他一眼，「你第一天出來混？」

他偏了偏頭，露出少年時才有的神情。「但這陣子的風聲弱了，白大哥那兒若沒收手，現在不更應該要打鐵趁熱嗎？我就是看準時機才來的。」

「也許還有下一步吧，你知道我哥的性子，上次要不是小茹，恐怕那時後我們早就已經……」我本來就不抱著什麼希望了。

我沒把話說完，也不必說全。

「也是。」

我們一陣沉默。

「明天是第二次傳喚。」謝永明忽然開口。

「你怎麼現在才說？」我吃驚，「要準備什麼嗎？」

「什麼都不需要。」他很平淡的說：「這次去也不知道何時才會回來，妳把自己跟亮君照顧好，我就一切都好。」

我深吸了口氣，咬了咬牙。「我去找我哥。」

「不用了，他不是會聽妳話的人。」謝永明倒是鎮定，「我這一路走來，狂妄過、囂張過；如今也算沒落，只因一步錯，步步錯。這都無所謂，只是我眞進去了，妳一個人還是要靠白宣譽照顧，別跟他嘔氣。」

我讓他說的發怒，「你就是要我嫁給別人也不需要說這種話！」

見我生氣，他反倒笑出聲來，「還以爲妳脾氣改好了，原來還跟以前一樣。」

我實在是拿他沒辦法，順手拿起一邊的垃圾丟向他。

李曜誠忽然嘆了口氣，「見你們這樣眞好。」

啊？

「你們像是一對眞正的夫妻。」他說。

我垂下眼簾，可惜我們並不是。

當天晚上，謝永明跟李曜誠一起走了。

我一直好奇，謝永明怎麼會如此認命？就算他眞的做錯了，那也應該掙扎一番，而不是一副束手就擒的模樣。

只是我一直不敢開口，也不想把剩餘的寶貴時間拿來問這些事情。

看著他們的車子絕塵而去，我打了通電話給白宣譽。

「喂？」

「哥，有件事情要跟你說。」

「妳再也不見我了？」

「是。」我對他猜中我的想法一點也不意外，他向來善於忖度人心。

「不怕我說妳過河拆橋？」他很有興致跟我閒聊。

「我一直以來都很敬重你，也很感激你。在我最需要幫忙的時候，是你對我伸出援手，但你這樣對待謝永明，我不能接受。」我淡淡的說著，頓了一瞬，「其實我也不需要明講，我想的事情，你都知道。」

他輕輕的笑起來，「文斐，我在妳心裡的輕重，這下算是看清楚了。」

我沉默了幾秒鐘，「哥，你還記得小茹過世時你對我說了什麼嗎？」

「嗯？」提起白宣茹，他的聲音起了些微的變化。

「你說，心靜，才是真正的安靜。」我望向遠方，「你要做的事情，我就算竭盡全力都阻止不了，可是，你這樣快樂嗎？」

白宣譽掛了我的電話。

事情發展到這個地步，白宣譽，你快樂嗎？

謝永明這次去，所有的媒體都將此消息報導的沸沸揚揚，我則是盡量不去看。寒假到了，我索性帶著亮君躲到日本去。

我怕撲天蓋地的新聞，會傷害到亮君。

我託李曜誠在日本找了個短期月租的房子，傢具一應俱全，只要人到就行。房子一找好，我誰也沒說，靜悄悄的帶著亮君出國。

今年的日本下了好幾場雪，我們抵達的第二天就下起了大雪，亮君沒見過雪，吵著說要出去玩。

那零下幾度的天氣，就連大人都挨不了多久，哪能讓他出去？

拖拉了好一陣子，他畢竟還小，賴著賴著就睡著了。

等他睡醒，我已經煮好了一鍋咖哩。

他聞到香味，跟著湊到桌邊來，吃了好幾碗。

飯後，我們母子倆湊在電腦前看著網拍衣服的網頁，他興致勃勃的挑著自己喜歡的衣服。我們出來的匆忙，只帶了幾件簡便的衣物。

一個晚上就這樣過去了。

之後一個月，我們就在東京各地玩著。日本旅遊業發達，我日文雖然不好，但英文還過得去，要是迷路了，就跳上計程車回家，只是車資貴了點。

直到開學的前兩天，我才帶著亮君回到台灣。

剛踏入國際機場的時候，我忽然想起了小時候，母親也是每年寒暑假就帶著我四處出國遊玩。

如果他們還在，肯定也會很喜歡亮君。

我一時恍惚，直到他拉了拉我的手，才回過神來。

時間過得太快了，那些我們曾以爲會永遠的，不過只是一瞬。

回到家裡時，屋子裡頭安靜的連根針落地都能聽見。

亮君沒察覺到異狀，歡呼一聲隨即跑進自己房裡，我拉著行李過去，卻看見了白宣譽。

「哥？」

亮君跑上前，湊近白宣譽身旁，「舅舅在睡覺。」

那一瞬間，我心頭忽然竄上一幅極爲可怕的畫面，我連忙扔下行李跑上前去，白宣譽已經把亮君抱了起來。

我心跳漏了一大拍。

白宣譽看都不看我，把亮君放在他的腿上。

「跑去哪裡玩了？」

「Tokyo！」亮君怪腔怪調的說著。

他開始興致高昂的說起雪有多大，天氣多冷，以及遇到了什麼有趣的事情。

我走到他們眼前，看著白宣譽不太正常的臉色，伸手探了探他的額頭，「哥，你在發燒。」

我剛剛怎麼會以爲白宣譽想對亮君做什麼事？

恐怕發生過那些事情以後，我已經無法打從心底相信他了。

亮君已經明白發燒的意思，馬上壓著白宣譽躺了下去，「發燒要多睡覺，睡醒就會好了。」

他重複著每次他生病時我對他說的話。

白宣譽的眼神有些迷濛，臉色也因為發燒而泛紅。

我嘆了口長氣，這人存心來找麻煩的？

「你躺會兒，我去找退燒藥，你還沒吃東西吧？我讓咖啡館的工讀生送點吃的過來。」

「我以為你們不回來了。」他用一種可憐巴巴的口氣說道。

「那你也犯不著折騰自己。」我搖頭嘆氣，對著亮君招手，「你不要吵舅舅休息，先去媽咪房間，我們不是買了很多東西回來嗎？你把他們拿出來，其中有一個是要給舅舅的禮物。」

亮君蹦蹦跳跳推著大行李箱到我房裡去了。我替白宣譽蓋好被子，這才走了出去。

也不知道白宣譽到底病了多久，吃過退燒藥仍是反反覆覆的燒著，我安置好亮君之後不太放心，又去探望他。

他的溫度降不下來，也開始囈語。

那些話全都糊成一團，我也聽不懂，大半夜的也沒辦法帶他去看病，離鎮上最近的大醫院，開車得要一個多小時，我只能拿著冷毛巾替他降溫。

冰涼的毛巾碰上他臉的那一瞬間，他彷彿清醒了些，微微睜開了眼。

「妳回來了。」

「是啊，我回來了。」他出了一身汗，卻一點也沒有退燒的跡象。「哥，我們叫救護車吧？你再這樣下去不是辦法。」

「我以爲你們永遠不回來了。」他這句話倒是說得挺清楚。

「好了，你別說話了，聲音都啞了。」我把他因爲汗溼的瀏海順到一邊去，「我還是叫救護車吧，你這樣我不放心。」

白宣譽一把握住我的手，「妳不氣我？」

「氣啊，但你都這樣了我能怎麼辦？趁機揍你一頓？」我沒好氣的說道，「這世界上最難處理的事情，不是全然的恨，而是愛恨交雜，你對我的好難道我會不知道嗎？」

他安靜的看著我。

「看起來你精神好了不少，我去煮碗熱湯給你，你等一等。」

「嗯。」

此時他聽話的像是一個小男孩，我把溼毛巾放在他額頭上，叮嚀道：「乖乖躺著。」

話說完我就走了出去，利用下午買來的食材煮了一碗熱湯，端進房裡時，他已經睡著了。

我想了想，還是叫醒了他。

「吃點東西再吃藥吧。」

我替他在背後墊了個枕頭，摸摸他的額頭，熱度已經退了些。

「你病幾天了？」

「不知道，過年時來找你們，你們不在。」白宣譽的聲音虛弱的幾乎只剩氣音。

我們那時候在日本，當然不在。

我餵了他幾口，「我以爲你不想再見到我。」

「妳說的是妳不想見我，跟我不想見妳是兩回事。」

又是這土匪思路，我瞪了他一眼，又往他嘴裡餵了口湯。

「堂堂一個商業帝國的老闆，把自己弄成這樣，不知道的人還以爲你瘋了。」

「我是啊。」他很無辜的看著我。

「你自找的。」我沒理會他，「明天就回去看醫生吧，也不知道有沒有其他問題。」

他笑了，我實在猜不透他的心思。

「文斐，不要再一聲不吭的離開了。」他直直的看著我，喝了熱湯之後，他的聲音也比較出來了，「我會放過謝永明，只是還需要一點時間。」

我有些驚訝，沒想到他會說出這些話來。

「若能這樣最好。」我嘆了口氣，「早知如此，你又何必當初呢？」

他搖頭，「若不這麼做，你以爲他會回來嗎？」

我愣愣的看著他。

「妳不懂男人，更不懂謝永明，他在那個位子上，要不是遭受重大打擊，他是不會回頭的。挫折來的太晚，妳的青春經不起虛耗。」他鬆了口氣，「話就說到這兒，妳下次再這樣搞消失，我就眞的要生氣了。」

我依然回不了神。

所以他做了這麼多，都是爲了讓謝永明回到我身邊？

「我跟妳說過的，謝永明沒什麼了不起，妳要是想嫁他，我就把他弄來妳身邊。」他笑了幾聲，咳了起來，「本來不想告訴妳，省得妳又覺得他不是『心甘情願』。」

第五章

只要跟對的人在一起，歲月靜好，也許並不是一場幻覺。

窗外嚴寒一片，屋子裡頭卻一室的熱鬧，吵鬧的幾乎要把屋頂掀翻。

亮君已經十三歲，轉眼間已過了七年。

風頭過去沒多久，謝永明就被釋放了，恰巧那陣子有許多重大新聞，人總是健忘的，這事情也就被輕巧揭過了。

他不再回城裡，只是偶爾回去我爸媽留下的公司看看，但大部分的事情已經轉給了白宣譽管理。

我們守在這家咖啡館裡，過著平淡而安穩的日子。

他閒來沒事就利用一些餘錢投資股票。謝永明在商場打滾過這一回，投資股票對他來說只是小意思；一買一個準，每年的獲利都比我經營咖啡店要來的多上許多。

因此，養家活口這件事還是落在了他肩上，咖啡店頂多只能算是我的休閒娛樂。

我跟他始終沒有去登記結婚。

亮君也還是姓于。

每年過年，白宣譽跟棠棠就會一起到我家裡來吃飯。如今她已經是個過二十歲的少女了，當初我認識她時，不過還是個五歲的小女孩。

棠棠現在出落的亭亭玉立，容貌幾乎跟白宣茹年輕時一模一樣，而我已經三十好幾了。

她彈得一手好琴，但每次回來，卻總是喜歡彈著那首〈小星星變奏曲〉，只是那些音符在她指下，就像是被賦予了生命一樣的動聽。

棠棠說這是她最喜歡的曲子，她永遠忘不了那個夜裡，她趴在我的腿上，我就是彈著這首給她聽。

亮君稱呼她一聲表姐，棠棠也不叫我老師了，改叫我阿姨。

關係雖然有些混亂，但我們是一家人，誰還計較那麼多呢？

倒是謝永明跟白宣譽，直到兩三年前才總算泯了恩仇，現在他們見面已經不如以往尷尬，至少一頓年夜飯不至於吃得沉默無語。

飯後，棠棠幫著我把桌子收乾淨，然後就跑去跟亮君打撲克牌，有白宣譽跟謝永明在，那牌局廝殺的非常激烈。

他們打得是大老二，起頭總是安靜，直到某方佔了上風，那出牌的聲音就此起彼落的大聲起來。

總結下來，白宣譽跟謝永明的戰績不相上下，令人意外的是亮君的勝場比棠棠還多。

「阿姨，妳怎麼教的，亮君的智商不正常吧！」玩了這麼多場，她只贏了一次。

我眞必須說，她沒有遺傳到白家這頭的數字天份。

「妳才是小孩子。」亮君瞪了她一眼，「智商這麼低。」

「阿姨！」棠棠叫嚷著，「就算他跳級唸書，那也不能嘲笑我啊！」

我笑起來，「那妳跟他說，妳不跟他比這個，叫他唱首〈小星星〉來聽聽。」

「媽！」亮君最近開始步入變聲期，就連講話都常常爆衝。

棠棠笑起來，「別介意別介意，我們家亮君還是很帥氣的。」

亮君把頭扭到一邊去，青少年的心思實在太彆扭。

她倒真正是個心地磊落的孩子，一點都不把這些事情放在心上。

過了午夜，附近的廟宇有祈願活動，棠棠難得回來，亮君就說要帶她去看看。我看著他們的背影，亮君與棠棠同高，但他走路的神情穩重，棠棠卻還有些女孩兒嬌氣，從後頭看上去，反而亮君才像是哥哥。

白宣譽讓人偷偷跟在後頭，我們知道他一向保護慾極重，也就不阻止他。

回到屋子裡，謝永明已經泡起了普洱茶，正在跟白宣譽聊著現在的情勢。

見他們這樣我真是心滿意足，所有的一切都會慢慢過去，見慣了大風大浪之後，我們追求的不過是能安穩度日。

等到亮君跟棠棠回來後，我們就各自回房就寢。我再醒來時，只見李曜誠已經坐在客廳裡，朝著我笑咪咪的揮手。

每年李曜誠都會在大年初一的時候千里迢迢的回到這裡，也不知道昨夜有沒有回去陪陪李伯父。

「這麼早？他們都還在睡呢。」我走進廚房，開始煮起咖啡。

這些年我已經習慣早起，不像年輕時候想睡多晚就睡多晚。有了點年紀之後，就是再晚睡，隔天也是一樣的時間醒來，要是硬賴著不起，就會換來整天的頭疼。

「不用折騰了，我吃飽了。」李曜誠跟著我走進廚房，嬉皮笑臉的模樣。

我斜睨他一眼，「你吃了什麼？」

「超商隨便買的三明治。」他答。

「那要喝點咖啡嗎？」

「好啊。」

「剛剛誰說不用？」

「妳的咖啡好，我不喝太可惜啦。」

我笑著搖頭，這幾年他身邊的女人來來去去，始終沒有一個留下，眼看都要奔四了，他心裡不知道是不是還記掛著年少輕狂時，深深愛過的那個女人。

謝永明是不跟李曜誠提這些事情的，我說過幾次，都讓他打迷糊仗帶過，知道他不想提，我也不再多說。

倒了杯熱咖啡給他，我從冰箱裡拿出鮮奶，幫自己加了半杯。他朝我搖手，說只喝黑咖啡。

我們在餐桌邊坐下，烤箱裡烤著我剛剛放進去的貝果，溫熱的香氣逐漸蔓延開來。

他只是安靜的看著我。

「怎麼了？大過年還悶悶不樂？」我問。

他喝了口咖啡，「事情多，這一個年過得不好。」

「需要幫忙嗎？」

我隨口問，沒想到他卻沉默了。

這不是什麼好事，我身邊的幾個男人都有個缺點，那就是不事到臨頭，絕對不會開口。

我嘆口氣，「我去叫他們起床。」

「我不急這一時半刻，等他們睡醒了再談。」他笑著阻止我，「倒是妳，怎麼越老越漂亮？謝永明挺滋潤妳的？」

我笑睨了他一眼，這什麼口無遮攔的話，幸好孩子們都還在睡。

「我記得我們同年，你都沒老我怎麼好意思搶先？」我回嘴，「倒是你這風流大叔還不趁著最有魅力的時候拐個年輕小姑娘回來，再下去你就要齒搖髮疏，屆時人家看上的就不是你的外貌，而是你的財力了。」

「那有什麼？看上我的財力不就是看上我的實力嗎？以色事人者，色馳則愛衰。」他嘖了我幾聲，「于文斐，這妳可得記在心上。」

我大笑，這是誇我還是貶我呢？

過沒多久，大人們都醒了，他們三人吃了點東西就關進書房裡。我對那沒興趣，也就不參與討論，隨後亮君也醒了。

「棠棠呢？」他一坐上餐桌，喝了口溫奶茶就問。

「還在睡呢。」我答。

「我去叫她。」

他說完就要走，我喊住了他。

「再讓她睡會兒吧？要吃午餐時再喊她。」

他只好又坐回位子上，「曜誠叔叔來了嗎？」

「來了，在書房裡跟你爸還有舅舅商量事情。」

「哦。」問完問題，他就不說話了，只是低頭玩著手機遊戲。

他如今很有謝永明年少時的模樣，能不說話就不說話；小時候還長的像我，現在五官漸開，也就越來越像他父親了。

沒多久，棠棠起來了，她的個性反而跟我年輕時候一樣，從醒來開始就不停的說著話；看見貝果就說她在國外時，有一家麵包店的貝果特別好吃，她總是買一大包冰在冷凍庫裡，每天烤一個當早餐，藍莓的吃膩就換起司，一連吃了三個月，然後某天看見貝果只覺得想吐，就再也沒吃過了。

亮君這時侯抬起頭來，冷冷的吐槽：「再好吃的東西也經不起妳這麼吃。」

棠棠笑咪咪的伸手捏了捏亮君的臉，「小鬼頭，你懂什麼？」

這話說的亮君不開心了，兩人吵了起來。

說實話，棠棠實在不是亮君的對手，過招沒有幾回合，就慘烈的敗下陣來。

這時，李曜誠他們的談話也告一段落，三人魚貫走出書房，我看了謝永明一眼，他點了點頭。

亮君跟棠棠已經圍到李曜誠身邊，每年他給的大紅包總是讓孩子們格外期待。

「情況如何？」我低聲問謝永明。

「不是很好。」他握握我的手，「過完年我得跟他去一趟對岸，大哥留在國內，替他處理一些事情。」

我眼角瞄著李曜誠，他跟孩子玩的正樂，倒是一點也看不出情況糟糕的模樣。

「好，你去吧，家裡有我。」

白宣譽站在一邊，雙手插在褲袋裡，「沒什麼事，別擔心。」

這時，棠棠跑了過來，「阿姨，過完年我就不用回歐洲了，我住在這裡好不好？」

我看了白宣譽一眼，他聳聳肩，一副無可奈何的樣子。

「當然好，不過這小鎮有什麼好玩的，也沒有工作讓妳做。」

「舅舅說了，我這輩子都不用工作，所以我要來陪阿姨。」棠棠拉著我的手撒嬌。

我笑起來，「都不工作也不行，這樣吧，妳每天來咖啡館演奏鋼琴，我算時薪給妳。」

棠棠猛點頭，「好啊好啊。」

亮君踱了過來，「那我們家不是要吵翻天了嗎？」

「你還說呢，是誰一起床就問棠棠的？」我打趣道。

「誰、誰問了！」他漲紅著臉，「有她在，屋子怎麼可能安靜？」

棠棠本來聽他這麼說還有些失落，一聽亮君問起她就立刻嶄露出笑容，「你這麼愛我啊？那我不留下來吵你怎麼行？」

◆

年後，他們一人回到城裡，另外兩人直飛對岸。

詳細情況我沒有追問，反正白宣譽說沒事，那肯定就是沒事，只是事情不好辦而已。

多了棠棠，家裡變的非常熱鬧。

只是我最近胸口常常一陣一陣的悶疼，像是一種不祥的預感，總覺得李曜誠的事不會這麼快就落幕。

我儘管擔心，但他們三人是什麼組合？

就算謝永明退出商場許久，但有些事情一旦會了，就永遠也不會忘記。

所以我並不覺得這件事情有失敗的可能性，頂多只是拖的晚一些罷了。

沒想到在那之前，兩個小朋友先鬧起矛盾來了。

棠棠平時閒著沒事就在小鎮裡亂晃，時間到了，還會去亮君的學校等他下課。

她本來就長得精緻，性格又爽朗，去了幾天，引起不少學生的注意。

高中生正是血氣方剛的時期，不多久就有人壯著膽子上前攀談了。

棠棠小時候就是美人胚子，又是在歐洲長大，這種事情難道還少得了嗎？她自己能處理好，白宣譽其實也不太擔心，要眞是有什麼意外，她身旁隨時都有人能護著她。

可是亮君就不一樣了，他的個性護短，更沒想過自己從小看到大的人，在別人眼中竟然如此特別。

於是，亮君就跟攀談的人吵了起來。

亮君因爲跳級讀書，在同學眼中雖然是天才，但不免還是會被人用一種看著小弟弟的眼神對待，大約也是這個原因，才讓他總是板著臉裝老成。

那搭訕的高中生，不高興自己被棠棠拒絕在先，脫口就罵亮君是小屁孩。

事情的經過是棠棠後來轉述給我聽的。

兩人一到家，亮君就一聲不吭的回到房裡，還摔了門。

他一向不太發脾氣，連我也嚇了一跳。

「後來我就罵了那人，他說亮君是小屁孩，我才覺得他很幼稚呢！」棠棠氣鼓鼓的，「也不想想我都幾歲了，會看上他嗎？」

唉，事情還眞有點麻煩啊。

不過還是得先讓他自己想一想，我們再去溝通會好的多。

忽然，我想起棠棠的生日要到了。

這幾年我們一直過著平凡的生活，生日也不過是自己人切切蛋糕就過了。今年若能幫棠棠辦個生日宴會，讓他們開心一下其實也不錯。

棠棠沒什麼興致，想來是以前常辦。我推推她，「妳去跟亮君說吧，如果可以，問他願不願意當妳的男伴？」

聽我這麼一提，她就有了興趣，「好啊，他一定不會跳舞，我來教他，一定讓他比那些人都帥氣！我還要幫他選西裝，亮君身材這麼好，一定好看的不得了。」

棠棠個性也是挺單純的，就不知道亮君怎麼想了；這孩子的心思細膩，自尊又比較高，有時眞令人覺得棘手，說多了怕他嫌煩，不說又怕他鑽牛角尖。

還是棠棠個性好一些，至少不會為了那些無謂的事情煩惱。

這段時間，棠棠幾乎每個週末都帶著亮君往城裡跑，忙著替他訂做西裝、教他跳舞，告訴他許多宴會的事情。

起初我還以為亮君會拒絕，沒想到他一言不發的全部接受了。

我則是忙著訂餐、估計人數。

既然要讓兩個孩子開心，那學校的朋友還是得邀請，只是大部分人沒有這些經驗，場子弄得太複雜也很麻煩。

最後左右斟酌之下，決定請策劃公司來辦一個較爲簡單的生日宴會，幸好場地是現有的，還不成問題。

其實我也有點私心，希望這樣的宴會能夠帶來好運氣，讓李曜誠的事情順利落幕。

宴會籌辦了將近一個月，這期間謝永明回來過兩次，對此沒有什麼看法，只是問我日後想不想讓亮君接管公司。

還沒討論出下文，亮君跟棠棠已經從門外回來了。

「姨丈、阿姨。」棠棠對我們打招呼，笑得很開心，「我們今天去拿了訂製的西裝，亮君穿起來可好看啦！」

「是嗎？」

「你去換上看看。」棠棠用手肘推他，「等會兒請阿姨幫我們彈伴奏，我要展現一下我們特訓的成果。」

亮君皺著眉，「不用了吧……」

「要！」棠棠很堅持，「等我們跳完，就換我彈琴，阿姨跟姨丈也跳，這樣你就不尷尬啦！」

我跟謝永明相視一笑，上次跳舞都不知道是多久以前的事情了。

「跳嗎？」他問，握著我的手。

我頷首。

也許是因為還不夠老，否則我怎麼還會為了他的一個眼神而心跳加速？

棠棠笑起來，「不然我先彈，阿姨你們先跳。」

她行動力很高的把客廳的東西都推開，坐到鋼琴前，試了幾個音之後，一連串的音符隨即在屋裡流淌開來。

謝永明站起身，對我做了個邀舞的動作。

我一面覺得他太過做作，一面又覺得好笑，同時竟還有些感動。

我們在客廳跳起了華爾滋。

我忽然想起很久很久之前，我們在一場宴會中，也是跳著華爾滋。那時的我恐怕怎麼也沒想到，未來的我們會過著這樣的日子，輕鬆愉快又安靜舒適。

只要跟對的人在一起，歲月靜好，也許並不是一場幻覺。

而我很幸運，那個對的人，就是我最愛的人；更幸運的是，他的眼中，從來都只有我。

亮君在一旁看的笑了，他大概沒想過他的父母也曾經有過精彩的故事，只是如今已經甘於平淡。

一曲奏完，謝永明居然還有些依依不捨的緊握著我的手，我笑起來，拉著他走到鋼琴邊。

我對棠棠使了個眼色，她立刻跳起來，把位子讓給我們。

謝永明跟我並肩而坐，棠棠站在亮君面前，也對他使了個眼色。

這倔強的小鬼沒有辦法，只好放下手邊還沒換上的西裝，對棠棠邀舞。

棠棠一點也不計較，笑著把手交到亮君掌心。

他們兩人站在一起時，那畫面是多麼好看，直到許久之後我都還記得清清楚楚。

◆

棠棠生日宴會的前一天晚上，李曜誠也趕了回來。

我私下問過謝永明，他只說一切都在計畫當中。

我鬆了口氣，幸好，否則這場宴會就是平添麻煩了。

因爲有專業的規劃團隊幫忙，我們基本上並不參與檯面上的事情，只是負責付錢跟出些意見。

倒是棠棠，跟亮君跳完那場舞之後，一改本來不怎麼在意的想法，積極的抓著我挑選她的衣服。

她甚至讓人把在城裡那整個衣櫃的禮服都寄了過來。

看著她那一件件五顏六色、各種設計的禮服，連我也忍不住驚嘆。

「阿姨，妳看到底哪一件比較襯我的膚色？」

在我的印象裡，幾乎沒有看過她這麼女性化的時候，「妳本來就好看，哪件衣服不襯妳膚色？」

「那不一樣。」她很緊張，一件一件的翻著，「我不想輸給亮君。」

「啊？」我愣了愣，「你們在比什麼？」

她有些懊惱的坐在床沿，「也沒有，只是我那天突然發現亮君眞的超帥……」

我忍著笑，「所以呢？」

「所以我不能輸給他啊！」她叫道，「我總不能讓那些來賓說，看看那帥哥，配她眞是糟蹋了。」

這下我忍不住了，噗哧一聲笑出來，「不會，我們家棠棠哪會讓人這麼說。」

「是嗎？」她沒什麼自信，「其實我老覺得奇怪，亮君比我聰明不說，這是天生的不能怪我，可是怎麼看上去也比我成熟穩重呢？西裝一穿，臉一板，妳知道他有多帥嗎？」

她說完，轉頭繼續挑著衣服。

「就那件吧，妳撐得起大紅色。」我手一指，停在她剛剛掠過的衣服上頭。

棠棠有些猶豫，「可是亮君會不會覺得顏色太豔麗了？他應該比較喜歡氣質型的吧？」

我搖頭，「男人喜歡的是美女，沒有所謂哪一型，妳本來就漂亮，那是改也改不了的；小家碧玉的氣質美女雖然很好，但恐怕妳是沒有辦法的，不如張狂些，這樣妳才不會輸。」

棠棠偏著頭想想，覺得挺有道理，拿起衣服說要換上看看。

我看著她的背影，悄悄的嘆了口氣。

她自己恐怕沒有注意到，她在乎亮君的程度，已經遠遠超過一個姊姊該做的了。只是再緩緩吧，他們差了七歲啊……太早開始，對他們倆也不是件好事。

這時，棠棠已經換好衣服，雖然少了妝髮，但這樣素淨的面容反而更加突顯出她的天生麗質。

「非常漂亮。」我讚道。

她低頭看著裙擺，「是嗎？」

「是啊，不然妳出去問問曜誠叔叔，他見過這麼多美人，眼光肯定中肯。」

棠棠一聽，拎著裙擺就跑了出去。她雪白的細足踩在地上幾乎沒有聲音。

我跟在她身後，看著她像是電影中的女主角一樣出現在大家面前，連謝永明都忍不住臉色微變，李曜誠跟亮君就更不用說了。

李曜誠立刻吹了聲口哨，「美人。」

亮君的反應倒有趣，他連耳根都泛紅了，卻把臉轉到一旁不發一語。

宴會當天，棠棠果然震驚全場，每個來賓都看的目不轉睛。

她跟亮君開場跳舞時，果真是一對璧人，十分耀眼。

切了蛋糕之後，我們幾個大人把場子留給他們，各自拿了點食物跑到戶外透氣。

棠棠是牡羊座，因此現在正是春暖花開的時節。

我已經許久沒參加宴會，因此真的歇下來之後，整個人只感到無比疲累。

靠在謝永明身上，他一隻手攬著我，另一手端著咖啡。

「這麼累？」

「嗯，可能真的老了。」我笑道。

「要不要去做個身體檢查？」他低聲問。

我想了想，「似乎也不用吧。」

「妳就當定期檢查有什麼不好？」

李曜誠的聲音從我背後傳來，我微微睜眼，瞄了瞄他。

「偷聽別人說話是不道德的。」

他笑了聲，「妳怎麼會覺得我需要偷聽？」

「也是。」我坐正身子，對他做了個鬼臉，「是我誤會了。」

「不過他說的沒錯，我替妳安排醫生，妳去檢查一下。」這口氣，肯定就是白宣譽了。

「好吧，那我就恭敬不如從命了。」我視線一轉，「倒是李曜誠，你的事情還要多久？」

「快啦，妳老公眞不是蓋的，一去就是左擒龍、右降虎，跟周處沒兩樣啊。」

謝永明瞪了他一眼，「我覺得這話好像不是誇獎，你要不要想一想再說？」

李曜誠大笑，「還是跟你們在一起好，多輕鬆。」

我頷首，孩子們會慢慢長大，儘管不願意承認，但我們已經離年少輕狂的時代很遠很遠了，遠的幾乎沒有辦法再交上這麼好的朋友。

年輕最大的好處，就是可以沒有障礙的與人來往。

李曜誠就算表面上說得輕鬆，但這大概也是他一直都沒辦法找到人定下來的原因。

也許，再也沒有任何感情可以像他跟白宣茹那樣乾淨、純粹的愛著彼此。

我看了謝永明一眼，他的手依然還放在我的後腰上。

「你想不想回到商界？」我問。

「我？」他低頭看了看我，「需要嗎？」

「李曜誠把你說的這麼神，你要是留在這小鎮，好像有些大材小用了。」我笑答。

白宣譽動了動，沒說什麼，只是靠上了椅背，垂眸喝著咖啡。

謝永明朝著白宣譽努努嘴，「那妳要問他。」

「哥，你說呢？」

「你們先把婚結一結，我就不管你們了。」

「比起那個，你還是先把身體檢查的時間告訴我吧。」謝永明回嘴。

白宣譽不甘示弱，拿出手機播了通電話，掛斷後對著我說：「後天早上十點。」

「知道了。」我忍著笑，這兩人明明已經言歸於好，卻還是時不時要鬥上一鬥。

「我會陪妳去。」謝永明低頭跟我說。

「李曜誠那邊呢？」

他立馬怪腔怪調的說：「不敢不敢，剩下些小事，小的自己來即可；娘娘鳳體欠安，怎敢佔了娘娘的人。」

我大笑，「李曜誠，你這京腔兒學的眞不錯啊。」

那次的聚會，是我餘下的記憶中，最後一次這麼歡愉的場景。

身體檢查結果出來，醫生說我的乳房裡有腫塊，因爲在深處，所以察覺不易，醫生先做了切片，等一週之後看詳細報告。

我跟謝永明都嚇傻了，怎麼會呢？

走出醫院的時候，我茫然的看著天空，風從腳邊掠過。

生死有命，可是怎麼會來的這麼快呢？

亮君還沒有長大，我的頭髮還沒有白，可是我怎麼就病了？

我們沉默無語的走在回家的路上，這件事情白宣譽大概晚上就會知道，但他也只能跟我們一樣，知道了又如何？

「不用太擔心，也許是良性的。」

謝永明安慰著我。

「我不擔心，只是在想，沒有了我，亮君該怎麼辦？」我看著他，想從他的眼睛裡找到辦法跟勇氣。「我不在了，你會照顧好亮君嗎？」

「別開玩笑了，妳是我們的中心，沒有妳，我們怎麼會好？」謝永明抓著我的手，把我抱入懷中。「妳走了，我們怎麼辦？」

我回抱著他，我也想留下，可是……

「先回家吧，下週看報告就知道了。」

我們若無其事的回到家中，棠棠正在彈琴。如今彈琴對她而言只是一種消遣，亮君則是在客廳一邊聽著琴聲一邊讀書。

我對他們打了聲招呼，他們問了幾句，但我還不想提，也就虛應了過去。

轉身走進廚房，我忽然悲從中來。

就算天天都過得很滿足、很快樂，卻還是覺得不夠。我好想看見亮君長大，好想看見謝永明老去；好想看見我們兩個都成了七老八十的老公公老婆婆，然後再用相機把我們白髮蒼蒼還依然相愛的照片拍下來。

眼淚一滴一滴的落在手背，謝永明忽然從後頭抱住了我。

「沒事，我會陪著妳的。」他的聲音很沉穩。

年輕時，我與他較勁，總要非常努力才不會落後他太多；後來我拼命的追著他的步伐，卻怎麼樣也沒辦法與他並肩，現在終於跟他在一起了，但這日子怎麼這麼短呢？

短的我幾乎想不起來這些歲月是什麼模樣了。

「謝永明，如果我真的怎麼了……」

他吻住了我。

直到我喘不過氣，他才放開我。

「不會有那種可能，于文斐，妳以前就充滿勇氣跟行動力，現在是怎麼了？難道真的老了？」他縮緊手臂，「別想著走，要想著留。妳從以前就一直想追上我，好不容易真的追上了，誰讓妳輕言放棄的？」

我無可奈何的淺笑，「謝永明，你是怎麼把臉皮練得這麼厚的？」

「如果這樣能讓妳更有勇氣，那也值得。」他頓了頓，把頭靠在我肩上，都那麼大的人了，還像個孩子一樣。

「留在我身邊，用妳所知道的任何辦法，別想著離開。」

我也不願意離開，可是謝永明，我現在才懂得，什麼是真正的身不由己。

◆

一週後我們看了切片報告，當天我就留在醫院了。

白宣譽當然是找來了最好的醫生，但就算是最好的醫生，也無法看著那張報告單說一切都沒事。

住院沒兩天，我就被推進開刀房。再出來時，我的胸口少了點東西，卻多了兩道長長的傷口。

很疼，我是被痛醒的，睜開眼睛時，只覺得連呼吸都非常難受。

謝永明緊張的看著我，「還好嗎？」

我勉強點了點頭，發不出聲音，只做得出要喝水的嘴型。

他用棉花棒在我唇上沾了點水，然後叫醫生過來。

醫生看看傷口，很客氣的轉頭跟謝永明解釋情況，又說術後復原情況很好。

他這麼說，我就安心了，我閉上眼睛，慢慢睡去。

這次在醫院修養了一個多月，雖然還有點不習慣，有時還疼的想吐，但至少慢慢的康復了起來。

亮君每天都會跟棠棠一起過來探望我，他眼神裡總是帶著濃濃的憂傷，就算我精神很好，他也是坐在一邊露出憂慮的表情。

我終於逮到機會，趁著只有我跟亮君在的時候，開口跟他溝通。

「我沒事了，醫生說只要好好的回診追蹤，不會有大問題的。」

他看著我，天外飛來一筆的說：「媽，我去當醫生好不好？」

我一愣，「好是好，但是你不是對物理有興趣嗎？」

「那只是比較擅長。」他解釋，青澀的臉上，眉頭依然緊蹙，「我要親自照顧妳。」

我忽然一陣鼻酸。

「這是你眞正想做的事情嗎？」

「嗯。」他舉起手上的一本醫學書籍。「我已經在自修了，等拿到醫生執照之前，妳都不要再生病了。不用太久，我會把你們都照顧的很好。」

他低下頭，用很細很細的聲音說：「所以不要再生病了。」

我朝著他招招手，他坐到床沿，握住我略嫌冰涼的手。

他就算智商超群，但仍舊只是個十三歲的男孩。

「我會努力，跟你一起努力。」我握緊了他的手。「幸好，你有很棒的爸爸跟舅舅，他們都會費盡心思讓我活下來的。」

他輕輕頷首，乖順的像頭小貓。

「媽，妳怕嗎？」

我點點頭，「很怕，我怕看不到你長大。」

他眼眶一紅，想哭卻又忍住了。

「偷偷告訴你一個秘密好嗎？」我帶著淚淺笑。

亮君帶著點鼻音應：「好。」

「你知道你的名字是什麼意思嗎？」

他搖搖頭。

「于亮君，從後面解釋起來，就是你點亮了我。」我彎著眼，「要不是你來到我的生命中，可能我現在就不會跟爸爸在一起了。」

他愣了愣，「所以，我點亮了妳的生命？」

「不只，還有你爸，你們一起點亮了我的生命。」我抬手摸摸他的頭髮，「謝謝你，如果沒有你出現在我的生命裡，我的人生現在不知道會是什麼樣子。」

好吧，我承認這眞是太煽情了，可是兒子，你有必要抱著我痛哭成這樣嗎？你媽我還沒死啊……

◆

如果故事可以到此爲止，也許一切都能夠在最圓滿的時候落幕。

但是人生最可怕的是，所有事情都會繼續下去，直到死亡。

出院之後，我持續的吃藥跟回診化療，原以爲病情會好轉，結果卻不如預期。

這一年裡，我進出醫院無數次，終於也到了最後的時刻。當醫生說癌細胞轉移到肺臟跟淋巴系統的時候，我們就知道時間不多了。

三個月只是樂觀估計。

我決定只做保守治療，爲了維持最後這段時光的尊嚴，我還是回到了家裡，白宣譽和李曜誠全都聚集到了我家。

我們如同往常那樣生活，他們盡量在我面前與我嘻嘻哈哈的談笑。

大人還掩飾得了情緒，小孩子就不行了。

亮君經常避著我，我也能明白他的想法。因爲太害怕失去，所以不敢親近，可是這樣下去，等他長大以後會後悔的。

我想了幾天，跟謝永明說我想跟他結婚，想讓亮君跟棠棠參加我們的婚禮。

謝永明頗爲意外，但卻立刻拒絕了我。

我那是一個錯愕啊，「又不娶我，謝永明，你這輩子拒絕我三次了！」

他抱著我，初夏的天氣溫度適宜。

「于文斐，妳休想以爲結婚能一了百了，我就要跟妳耗下去，直到妳老了爲止。」他頓了一頓，投降的說：「或者等到妳病好了之後再說……」

我趴在他胸口聽著他的心跳聲。

「謝永明，你不要逃避現實，三個月只是樂觀估計。」我忍著鼻酸，「我不想等到最後一天，才發現還有好多事情來不及做。」

「妳捨得亮君跟我嗎？」謝永明的聲音也明顯帶著鼻音。

我搖頭，但又能怎麼辦呢？時間這麼少，日子這麼短。

「我想要一個婚禮。」我求著他。

謝永明沉默的抱著我，「如果我答應妳，妳就會好起來嗎？」

這是什麼哄小孩的口氣？但我的眼淚卻落了下來，「好，我會好起來。」

「那麼我去籌劃，就在家裡舉辦，棠棠是伴娘，亮君是伴郎，讓白宣譽牽著妳走紅地毯，李曜誠當我們的證婚人。」謝永明不疾不徐的說，但他每說一個，我卻更覺得心酸。

「好，都聽你的安排。」我抱著他，好希望可以跟謝永明白頭到老。

「其實我想過了無數次，要給妳一個怎麼樣的婚禮。」他忽然開口，「只是想到最後，卻覺得好像也沒有那個必要了。」

我明白。

「謝永明，這輩子能遇見你，是我最幸運的事情。」我低聲說：「謝謝你，從來不曾眞正離開我。」

「我一直還想跟妳說一件事。」我等著他的下文，但我知道他要說什麼。

「那時候第二次拒絕妳，是因爲我害怕，怕無法給妳一個完整的家，我從小家庭就不健全，不知道要怎麼樣當一個父親。」

我側耳聽著他的心跳及呼吸，良久才說：「我知道，其實我比你想像中的還要懂你。」

「所以千萬不要離開我，妳走了，這世上就再也沒有人懂我。」

過了幾天，李曜誠來探望我，自從上次那件事情之後，他也漸漸把事業重心轉回台灣。其實這幾年，對岸的廉價人力優勢早已經消失無疑，限制性政策又多，不少台商都將重心遷移至東南亞；李曜誠也厭倦了這樣兩岸三地跑的生活方式，雖然工廠沒關，但卻已經不再是經營重點。

他待在台灣的時間長了，跑我們家的次數自然就多，只是，我漸漸的連幫他煮一杯咖啡的力氣都沒有了。

他敲了敲門進來，今天我的精神不錯，聽著音樂，床上架著白宣礜替我弄來的書架，讓我可以用最少的力氣閱讀。

見到他來，我把書架推遠了些，李曜誠坐在床邊安靜的看著我。

「謝永明呢？」我問。

他不答卻說：「于文斐，妳怎麼會變成現在這樣？」

我彎起嘴角，偏著頭想了想。「不知不覺就這樣啦，我也不願意呀。」

他的眉目之間已經有了點皺紋，再怎麼不願意，我們也老了；不再是青少年，而是步入了壯年。

第一次發現這件事情，是亮君剛出生的時候，我在鏡子裡見到了我的第一根白頭髮。

雖然臉上還像過去一樣緊緻光滑，可是我卻這麼明白的看見了時光流動的痕跡。

李曜誠至今還是讓小姑娘前仆後繼的帥氣大叔，但也依舊抵擋不了歲月。

任何事情都會漸漸流去，尤其是生命。

「我有沒有跟妳說過，我以前好喜歡妳。」他忽然用一種大叔的滄桑口吻說道。

我笑著別開臉，「你說過啦，其實我現在還是單身，我們可以考慮在一起的。」

李曜誠大笑，「我最喜歡妳這一點，多壞的事情到妳口中永遠都有樂子。」

「這就是過日子嘍。」我帶著笑意，「其實事情也沒有什麼好壞，重點是怎麼看待。」

「妳不會捨不得嗎？」

「會。」我答的很快，轉頭看著他，「當然捨不得，只是沒說出口。我是先走的人，要是提分手的人說自己有多捨不得，那別人怎麼放得下？」

「妳怎麼會是先走的那個？」李曜誠追問我，語氣中帶著點惱怒。

我只能靜靜的注視著他。

在我的目光下，他彷彿察覺到自己是多麼的不可理喻，懊惱的抓了抓頭，「抱歉。」

我搖搖頭，「小事。」如果易地而處，我也未必能控制的住自己的脾氣。

他高張的情緒忽然沮喪到了谷底。

「文斐，我生命中不能再有第二個女人是病死的了。」他忽然說得這樣懇切，讓我連開玩笑的餘地都沒有。

我垂下眼簾，也有些感傷。

李曜誠的影子投在我腿上，我下意識的想摸頭髮，才想起因爲化療的關係，我早已光了頭。

曾經代表著時光逝去的惆悵白髮，原來也不過就是這樣該走該留，終究不是在我手上能決定的。

「李曜誠……」我喊了他的名字，但不知道應該跟他說什麼。

他只是看著我，喝了一口他帶進房的茶水，嘆了聲長氣。

「小茹過世的時候我雖然難過，但心裡卻想，幸好妳一直很健康，不會跟小茹一樣。」

我安靜了一會兒，「世事難料。」

李曜誠同意的頷首。

房裡的陽光偏移，午後溫度明顯升高，他穿著短袖，我卻蓋著羽絨被。

「我第一次見到小茹的時候，她躺在病床上一臉蒼白，安靜的像是一朵花，像是這輩子都不曾說過話。而妳在旁邊跟白大哥聊天，嘻嘻哈哈的像是一個不知道憂慮的女孩。」他自顧自的回憶，眼神悠遠而感傷。「妳們相差這麼多，可是那一刻，我卻覺得妳們好像。」

白宣譽也說過我跟白宣茹很像。「你爲什麼忽然提起這個？」

「我後來想，也許當初會對小茹一見鍾情，是因爲她長的很像妳的關係。」李曜誠看著我，「戀愛大約就是一種契機，並沒有什麼對的時間錯的人，只要一個選項錯了，就是錯的；只有天時地利人和都對了，這關係才會成立。」

我點點頭。

「雖然日後我是眞正的愛上了她，但這個契機我卻一直放在心裡，久久不能忘懷。」

「都過去啦。」我微微一笑。

「是啊。」他也笑了，「只是我剛剛進門，看見妳看書的姿態，就讓我想起第一次看見小茹的模樣。」

「是嗎？」我低下頭想了想，「這一生當中，我的生命裡有許多人……」

話還沒說完，就讓李曜誠舉起手打斷，「別像是告別式一樣，這話妳留著痊癒了再跟我說。」

可是，李曜誠，我有痊癒的時候嗎？

他沉默了幾秒鐘，像是無法忍受這樣的氣氛，對我說了幾句客套話就走了出去。

他一走，謝永明就進來了。

「狀態好嗎？」他坐上床，攬著我，在我臉上親了親。

「很好。」

我躺進他懷中，側耳聽著他的心跳。

「妳剛剛要說什麼？」

「你都聽見了？」我有些好笑，「聽見了為什麼不進來？」

「我佔了妳這個人一輩子，分給李曜誠一點時間，我還辦得到。」

我一愣，淺淺的笑起來。「你的自信哪裡來的？」

他不答反笑，而後又追問了一次。

若說李曜誠跟謝永明之間有什麼不一樣，就是面對問題的時候，李曜誠是會逃避的，但謝永明經常是直視著問題，儘管他想出的解決方式未必是最善良的，但卻會是最有用的。

「我這一生受過的幫助極多，現在想想，那些真正幫我大忙的人，鮮少是因為我的錢財、背景，大多只是因為愛我。」我頓了頓，「我的人生比許多人都還要幸運，很小的時候我就知道我爸跟你爸之間的合作關係，那些商人的嘴臉和那些交情充其量不過是場買賣，就像我們永遠不會對超商店員有什麼期待一樣。」

謝永明應了聲，我們有太多相同的過去，如今講起這個，他大概想起他那段青慘歲月了。

我摸著他的指節，男人的手寬大，但他卻有一雙文人似的細緻手掌，但這手掌底下隱藏的卻是讓人無法忽視的權力；只要他想，那些失去的東西隨時都會再回到他手上。

「但幸好，我這一生還有你們，無論起頭如何，至少現在我很喜歡。」我輕輕的說，而後閉上眼睛。「人生最怕的是起頭甜而結局苦。」

談了一下午的話，我真是有些累了。

「睏了就睡一會兒吧。」謝永明抱著我躺下，撫著我的鬢髮。「別說什麼結局不結局，妳在我身邊都已經守了二十幾年了，還在乎多二十幾年嗎？」

我笑了，眼睛已經睜不開。

「謝永明，我有沒有跟你說過，我這一生很高興能遇見你？」

「有，妳說過。」

「那麼，我有沒有跟你說過我愛你？」

「有的，在很久很久之前，妳就跟我說過了，是我沒有把握住機會。」

我搖搖頭，「後來，我才相信每件事情都有發生的最好時機，也許我們就是不適合在一起，不適合結婚。」

「于文斐，我一直是個挑戰命運的人，婚禮我已經在辦了，這世界上只有妳是最適合我的人，除此之外再沒有其他人了。」

他的聲音漸漸遠了，而我的夢裡一片漆黑。

◆

婚禮的那天，我換上了改小的婚紗，時間太匆促，來不及訂做，只能從成品挑選。

謝永明還找了婚慶公司，把家裡佈置的十分漂亮。

可是我已經下不了床了。

全身都一陣一陣的抽痛，我必須打上大量的嗎啡才能不痛的失去意識。眼看醫生也不阻止我的用量，我心裡最後那一點點希望也跟著熄滅。

不可能了。

但心裡知道事實以後，我反而淡定多了，而且，總算能嫁給謝永明了。

想我這一生，多少日子都追在他的身後，沒有跟他在一起的時候，也總是想著他。

離開他，經常都是爲了豪賭一把；賭他還會回來我身邊，賭他會來找我，也賭我們之間的緣份足夠深厚。

他就站在前方，白宣譽在後頭幫我慢慢的推著輪椅。

而這世上，我最對不起的人，就是白宣譽。

他曾經愛我，卻也只能一直用哥哥的角度陪伴在我身邊。後來，我只喊他一聲「哥」，想藉由這一聲聲的「哥哥」來提醒他拉開我們之間的距離。

我不敢問他是不是還愛著我，如今也沒有再問的必要了。

我抬頭看看他，「哥，謝謝你，要是沒有你，我不知道該怎麼走到這裡。」

他對我笑笑，「要結婚了，別說傻話。」

謝永明近在眼前。

這些在我生命中的人，儘管愛我，但也有恨我的時候。

或者，老天爺給我最大的恩惠，就是讓我知道自己的死期，讓我有機會一一對他們送上感謝。

唯一令我最放心不下的，只有亮君了。

白宣譽把我推到了謝永明身邊。

李曜誠穿著一身西裝，裝模作樣的戴上眼鏡，咳了幾聲。

「謝永明，你願意承認並接納于文斐成爲你的妻子，無論生老病死，不離不棄的照顧她嗎？」

「我願意。」

「于文斐，你願意承認並接納謝永明成爲妳的丈夫，無論貧窮富貴，都與他患難與共嗎？」

我笑起來，「我……」

願意。

爲了這一聲願意，我走了一生。

但最後仍然差了一點點，在失去意識之前，我看著謝永明的臉在我眼前放大，我倒在他懷裡，輪椅翻了。

原來最後這一刻，真的會像電影裡慢動作的播放鏡頭一樣，那麼慢、那麼遠，那麼的無可挽回。

全文完

番外一
留在妳身邊

認識文斐的時候，我才十五歲。那一陣子她天天在我耳邊叨唸著處女座的各種缺點。唸著唸著好像我眞有這些缺點似的。

那段時間是我人生中最無助的日子，媽媽過世了，搬到爸爸家之後我才知道，原來私生子的標籤是這麼的可怕。

這一切頓時使我生命中所有的價值觀變成了一場笑話，學校教的父慈母愛，在那段日子裡，成爲了我人生中無法面對的光明。

然後，文斐出現了。

她像是一道陽光，照進我已經頹倒傾圮的生命。我看著她，才慢慢建築起自己應該要有的模樣。

我不懂怎麼愛，但文斐懂。她永遠都走在我前頭，像是提著燈，讓我在黑暗中不至於迷路。

距離她過世的那天，已經過了十年。

◆

「老闆，我要一杯拿鐵不加糖。」

在寒冷的下雨天裡，她穿著牛仔褲，上身是薄薄的衣服，外頭加了一件羽絨背心，色彩鮮艷的像是從電視上走出來的卡通人物。

「好。」

我回過身，替她煮了一杯咖啡，從機臺的反射鏡面上，能看見她正在拍掉身上的雨水。我等著咖啡的時候，將暖氣轉了開來。

這種天氣，眞淋濕了是要感冒的。

女孩拍掉身上的水，在吧台邊坐了下來。

我將咖啡放在她面前，隨後在她手邊放了一杯水。

文斐一直有這種習慣，喝完咖啡之後，總要再喝口水清清嘴裡的味道。

女孩拿出手機很忙碌的回了許多訊息，在咖啡涼掉之前收起手機，端起咖啡，先小口試了試味道之後，接著很豪邁的喝了一大口。

不知道爲什麼，她的這種姿態讓我想起了文斐。

在後來的日子裡，她已經將毛躁磨去，任何剛認識她的人大概都無法想像過去的她是多麼意氣飛揚。她不是最漂亮的，卻是我們之中最耀眼的，那是她的性格特質，就像太陽一樣，文斐永遠都有無窮盡的能量，能夠照亮我的人生。

「老闆，我想問白棠是不是住在這附近？」女孩放下杯子問，還沒等我回答，她又自顧自的說：「我跟她約了採訪，可是我遲到了，打給她又打不通。」

我點點頭，「妳等我一下。」

女孩偏了偏頭，那種嬌憨的模樣，估計才剛大學畢業沒有多久吧。

我拿起電話打給棠棠，沒多久她就一身輕便裝扮的過來了。

女孩立刻跳下椅子，從包包裡掏出名片，「白小姐您好，我是音韻雜誌的編輯，許楓。」

棠棠對他笑了笑，接著對我說：「爸，我也要咖啡。」

「黑咖啡？」

「嗯，今天有沒有年輪蛋糕？」

「最後一塊。」我從蛋糕櫃裡拿出年輪蛋糕放在她面前，轉身用虹吸壺煮了一杯黑咖啡給她。

許楓在一旁瞠目結舌，「原來老闆是白小姐的父親。」

我從鏡面覷了她一眼，她看起來非常尷尬的模樣。

「不是，這是我公公。」棠棠笑著擺手，「從小我就在這裡長大，我們感情很好。」

「噢。」許楓應了聲，接著又跳起來，「可是我們的資料裡，並不知道白小姐已婚。」

棠棠微笑，「我只是還沒登記，婚禮已經辦過了。」

我把咖啡倒出來，現在已經很少人用虹吸壺了，許楓很好奇的看著。

我對棠棠使了個眼色，她了然的對許楓說：「我們去一邊聊吧，這裡光線不好。」

那是我第一次見到許楓，她的雜誌社想替棠棠出一本自傳。棠棠想了想，覺得沒有哪裡不好，就答應了。

之後，我頻繁的遇見許楓，光是採訪開始之前，行前計畫就跑了兩個月，許楓平均一週要來一次。

城裡離這兒並不算近，後來她索性住在城裡的民宿，一住就是兩、三天。

有時棠棠起的晚些，她就在咖啡館裡坐著等，或者工作，或者拿一本書讀。

日子久了，她有時也會上前跟我聊天。

一開始我們聊起有關棠棠的事情，聊她怎麼跟亮君在一起，後來開始聊到這小鎮有什麼地方適合拍照。

大部分的時候都是她說的多。她總是找著各種話題跟我聊天，就算我不理會她，她也不沮喪，依然不停的跟我說著許多事情。

平心而論，許楓是個很不錯的女孩子，長得漂亮，個性也好。而我也很明白的從她眼中看出許多她想說卻未說的話。

連棠棠也看出來了。

這天，許楓離開之後，棠棠坐在吧台前看著我問：「爸，你有沒有考慮再找個伴？」

我擦拭著杯子，「許楓嗎？」

棠棠愣了愣，大概是沒想到我會這麼直接的切入正題。「也不是不行啊。」

我慢慢的收起杯子，「目前沒有考慮。」

「但是阿姨不會希望你後半輩子……」棠棠說著說著話音小了，「畢竟阿姨離開的時候才三十八歲，現在已經過了十年，您也才四十八，往後還有這麼長的日子，怎麼過？」

我繼續收拾著吧台。

其實我不是沒想過，只是在這世界上我還去哪裡找像她的人？如果那人有她的十分之一，也許我能試看看。

但是，于文斐，妳是這麼的獨一無二，以至於這世界上所有人都差妳一點。

「我覺得許楓挺好的……」棠棠語氣中帶著一點試探，「下次要不要跟她出去走走？」

我斜了她一眼，「她是妳的編輯。」

「那又怎樣，走走礙著誰了？」棠棠倒是很理直氣壯，「只要不犯法，哪裡不妥了？」

我嘆了嘆，「好吧，下次吧。」

最近天氣一直在下雨，妳說過妳最討厭的季節就是冬天下雨，說這種溫度會讓妳想起妳父母剛死去的那年，那段妳頓時無所依靠的日子，心裡會更加難受。

但我卻覺得很好，回頭看來，這一件一件的事情會發生，都是爲了把妳帶到我身邊，把妳留在我身旁。

許楓來的時候，總是少數的好天氣。

暖和的太陽從窗外灑進屋內，她在吧台前晃，一副心神不寧的模樣。

她跟棠棠今天的工作已經告一段落，棠棠在後頭一直對我使眼色。

「許小姐，妳還沒看過這小鎮吧？我帶妳去走走。」

許楓的眼睛都亮了，對著我猛點頭。

我用紙巾擦了擦雙手，走出櫃台。

她跟在我身後，有些緊張。

棠棠當然不會在這種時候跟過來，她性子善良，只是對人性的揣測，還是差了一點。

走出咖啡館後，路很寬，許楓跟我並肩而行。

她安靜著，不像她採訪棠棠那樣活潑。

「我妻子過世十年了。」我逕自開口。

我們走到附近的公園，這裡種了一整片的落葉松，現在只剩下一片枯枝，但等到開春，它們又會鮮綠起來。

「我知道，白老師跟我提過。」許楓的聲音聽起來很緊，我從前在與人談判時，最喜歡聽見這種聲音。

這種聲音表示，接下來我能主導場面的可能性很大。不過，經歷了這麼多事以後，我已經把性子養軟了，此時還真是有些於心不忍。

「那她有跟妳提過我跟我妻子是從小一起長大的青梅竹馬嗎？」

我選了一張長板凳坐下來，拍拍旁邊的空位，示意許楓坐在我身側。

她戰戰兢兢的跟著坐下。

「我不是一個好人。我判斷一個人，是從那人對我有多大的用處當做評估基礎。我對世界只有最大的惡意，只要別人對我好，我只會認爲他們都是別有所求。」

「其實這也沒什麼。」許楓急急的搶話，「現在很多人都是這樣的。」

我淺淺彎起嘴角，「是的。但是我對我妻子最意外的是，她能跟我一樣用最大的惡意揣測別人，卻能用最大的善意對待別人。我們相識的這些年裡，我不只一次利用她對我的感情，知道她心軟、脾氣來的快去的快，所以我總是算計著她，甚至在我兒子出生之後，還跟她說我要跟別人結婚。」

許楓有些震驚，沉默著沒說話。

「後來我走錯了路，惹了麻煩，也只有她爲我奔走。」我頓了頓，「她知道我是錯的，也從來不否認，可是她依然想著各種方法要幫我，她就是這麼護著我。」

許楓仍然無語。

「這個世界上，大概只有她能接受我這樣卑劣的性格。」我看了許楓一眼，「妳現在喜歡我，不過是一種錯覺，是神秘感造就的誤會。」

她張口欲言，卻又被我截斷。

「用現在的話來說，我就是個渣男，大概是因爲這樣，老天才不讓我跟文斐多過幾年。」

我看向遠方，想起年輕時候的文斐有時也會露出這種神情，靜靜的看著天的邊界，好像這樣就能看見許久之後的事情一樣。

「我從來不覺得我單身，就連以前我們沒結婚的時候，我也從來不這麼覺得。如果這輩子只能選一個人，那麼我一定會毫不猶豫的選擇她，而且永遠不會改變。」

「雖然她已經過世十年了，不過，她在我心裡的身影也越來越深刻，因爲除了她，我再也沒有別的回憶了。」我抿抿唇，「妳還太年輕，值得一份完整的感情，不要撿別人剩下的東西。」

「你只是……」

見她想勸解，我阻止了她，「不，妳不要誤會，我並不覺得自己可憐，只是我心裡再也容不下其他人，這樣妳所得到的，不就是文斐剩下的嗎？」

我們獨坐了一會兒，許楓黯然離去。

我繼續坐著。

文斐，妳要是知道，大概又要罵我不知珍惜了。

可是我多想保留住與妳相處的日子，就算那只是我回憶中的妳也好。

但無奈我們相處的時間太短，分離的時間太長。

我花了許多精神追逐名利錢財，卻沒想到我最想要的就近在身旁，而且，至始至終都不曾離去。

我已經忘了，我有沒有對妳說過那三個字。

可是，妳感覺的到吧？

我愛妳。

很愛妳。

番外二

妳點亮了我的生命

濕漉漉的天氣，雨下了一整晚，在他下車的那一瞬間才終於停止，小徑邊上積著一窪窪的水攤。

他沿著路走，盡頭是一棟大屋，屋裡透出了溫暖的燈光。還沒走近，大門已經被拉開。門後是他的妻子。

她穿得一身雪白站在門邊，一副很著急的樣子。

兩人四目相交，她笑起來，像個小孩子一樣朝他跑來。

他停下腳步，等著她的擁抱。

自從母親去世後，有好幾年的夜裡，他都得靠著她的懷抱才能安然入睡、不做噩夢。

她像個太陽一樣給他溫暖，也驅走了黑暗。

後來他從父親口中知道了父母過去的事情，心裡不由得有些驚慌，他們父子的過去，怎麼會這麼相像？

白棠撲進他的懷裡，一百六的身高，在他懷裡越發顯得嬌小。

「怎麼穿這麼少？」

「屋子裡不冷。」

他嘆口氣，解開自己身上的大衣替她披上，把她牢牢包起。

今天是母親十一週年的祭日。

每年的這天，所有人都會聚集在客廳裡，點起蠟燭，悼念母親，年年以來都是風雨無阻，足以見得母親在眾人眼中的重要性。

「今天我有重要的事情要宣布。」白棠笑咪咪的說。

「什麼事？」他剛從為期一週的醫學研討會上回來，還是飛車才總算趕上聚會，因此根本還沒時間跟白棠好好講上幾句話。

「不告訴你。」她笑起來，像是一朵盛開的花。

兩人進了家門，桌上已經擺滿了菜。

「小亮君回來了，就等你啦！」

步入壯年的李曜誠依然沒個正經，那些年少輕狂的稜角與輕佻，如今都化成了他眼角眉梢的一抹魅力。

「先去換身衣服吧，舒服一點。」白宣譽開了口，「棠棠，妳別黏的這麼緊，讓他去洗個澡。」

白棠一點也沒有被訓斥的感覺，只是笑咪咪的從他懷中鑽出來，「那可不是我黏人，是他。」

于亮君淺笑，「是，都是我，太久沒見到妳，想妳了。」

讓他這麼一說，白棠反而不知道該回應什麼，勝雪的臉龐上泛出紅潤。

他笑了笑，轉身上樓、洗澡換衣，下來時，聽見客廳裡傳來一陣舒緩的琴聲。

他從小就聽慣了白棠的琴，有時出差沒聽見眞覺得渾身不舒坦。

大家聽見他下樓的腳步聲，白棠彈琴的動作也跟著停止，朝著他笑，「可以吃飯了。」

于亮君有著跟謝永明相似的面容，但眼眉卻像于文斐，不過眞正像于文斐的，卻是白棠。

在他還只懂的賭氣的歲月裡，已經不知道把白棠氣走過多少次；最後還是白棠想起他每晚總是做著噩夢醒來，只能靠在椅子上小睡片刻，看不下去他這副模樣，才於心不忍回到他身邊。

那時的于亮君尚且無法理解自己怎麼會有這麼軟弱的一面，就算白天再怎麼武裝，一旦到了夜裡，那些隱藏在他內心最深處的情緒就會反撲而來。

他一直以爲只要夠堅強，就能夠抵擋這些黑暗，但卻又一次次的失望，只有白棠待在他的身邊，才能讓那些恐懼遠離。

他對白棠生氣，其實是對自己生氣，他氣自己爲什麼就不能獨立，總是像個女生一樣軟弱。

「在想什麼？」白棠靠在他耳邊輕輕的問。

「沒什麼。」他笑了笑，握住白棠的手，「忙了好幾天總算回來了，所以有點恍神。」

她了然的頷首，轉身盛了一碗湯給他。「香菇雞湯，補身體剛好。」

他接過湯，看著棠棠精緻的面容，很感謝上天讓她來到他的身邊。

後來他才漸漸明白，眞正的堅強不是不會痛，而是勇於去接受自己的軟弱和恐懼，而後勇敢面對。

母親在他十五歲的時候過世，他一直到十八歲才明白這個道理。

當他跟白棠相擁而眠的時候，她早就是個成熟的女孩了。

白宣譽不知道有多擔心他們之間會不會出什麼意外，但是又無計可施。

于亮君不知道看過多少次心理醫生，那些醫生除了開安眠藥跟百憂解給他之外，什麼忙都幫不上。

多虧白棠站在他身前保護著他，固執又堅持的要跟他一起走過那段晦澀難解的歲月，安撫著他的傷痛。

直到于亮君終於明白自己也會受傷，並且無法痊癒的時候，已經二十歲了。在這段時間裡，白棠婉拒了無數次能站上國際舞台發光發熱的機會，只固定每年出一張鋼琴專輯，爲的是能留下時間待在他身旁，每天晚上陪他入眠。

在所有人都以爲他們是情侶的時候，他總是一臉尷尬，而她卻大大方方的說：他是我弟弟。

他不想被她小看，但卻拿不出更好的身份跟辦法對別人解釋他們的關係。

于亮君想著這些回憶的時候，一餐飯也已經吃完了。

他們移步客廳，謝永明把燈轉成柔和的黃光，在桌上點起白蠟燭。

今年桌上擺起了十一個白色的小蠟燭。

他們圍在一起，人人面前都有一杯熱的白蘭地可可，大家互相說著彼此的近況。

第一年母親祭日的時候，他在白色的燭光下痛哭，後來一年一年過去，才總算慢慢平復了那股悲傷的情緒。

白棠對著大家提起許楓被謝永明拒絕之後，不知道有多難過；李曜誠一面打趣謝永明簡直清心寡欲的可以出家當和尚，同時眼底卻流露出一股惆悵。

「謝永明，我以前覺得你怎麼樣都配不上她，卻沒想到你是一個這麼專情的人。」李曜誠說的白棠笑出聲，謝永明白了他一眼，又聽見他說：「只是你是不是放錯重點啦？人活著的時候你不對她好一點，都過世這麼久了，你這樣深情，她也不知道呀！」

謝永明靜默著沒說話，只是端起杯子喝了口白蘭地可可。

「我向來自私，你忘了？」

「這倒是沒忘。」

白宣譽開口接話，讓李曜誠哈哈大笑。

「這算是你們倆打招呼的方式嗎？」他問，「永不合好？」

「我們沒有吵架。」他們異口同聲回答，又一起不悅的別開眼。

于亮君淺淺彎起嘴角。

他一直記得幼年時候的事情，包括他跟于文斐在某一天從城裡搬到鄉下，在那之後好長一段日子，他都只見過白宣譽跟李曜誠；他也記得，那時于文斐總是會在夜裡喝點紅酒，儘管白天的時候她總是笑臉迎人。

現在想起來，于文斐坐在窗臺前端著紅酒杯的身影還是這麼歷歷在目。

人死了與活著的最大差別，大概是死了就不能創造出新的回憶。

他很想知道，如果母親現在還活著，會是一個怎麼樣的女人，她會支持自己跟白棠結婚嗎？畢竟他們差了七歲。

但他記憶中的母親一直都是這麼的明亮，像是從來沒有發生過不好的事情一樣。

也許母親不會介意的吧？

或者，像她這麼一個特異獨行的女子，根本不會被世俗所困？

他想著，伸手握住白棠的手，引來她有些詫異的眼光。

在這點上白棠就眞的很有母親的風範，不管別人怎麼說，她總是只做自己心中認爲是正確的事情。

爲了不辜負她的深情，他只能更加努力的回應她。

還沒結婚之前，他們曾經分手過一陣子。

那時候他剛從大學畢業，已經不用當兵了，但還是需要做四個月的社會服務，醫學系畢業後，通常會被分派到各大醫院去。

他在那四個月裡，看了太多在急診室裡來不及救活的人。多的讓他覺得自己走錯了路，他心裡最大的陰影就是于文斐的死亡，卻偏偏選了一個這樣的職業。在學校時他還能欺騙自己那些都只不過是教科書，等眞正走進醫院才眞實的感受到，那些都是一條條人命。

那段日子他心裡的壓力極大，白棠又考慮出國發展，他害怕自己會失去更多東西，索性搶先捨棄。

原本以爲白棠會哭鬧，沒想到她只是有些怔愣傷心。她答應了他的要求，而後轉身飛往國外。

沒有白棠的日子，他幾乎想不起來是怎麼過的。結束了社會服務之後，他找了一家醫院工作，有天無意間在新聞上看見白棠與某個男藝人出雙入對的照片。

那一瞬間，他心裡疼的像是讓人扭緊到了極限，這才忽然明白，不是只有死亡會讓他失去重要的人，分離同樣也會；尤其是當他還能改變什麼的時候，卻只能眼睜睜的失去，這股情緒更壓迫的他喘不過氣來。

所以他找到了白棠，跟她認錯，希望她能回到他身邊。

白棠就算脾氣好，但也是個有著極高自尊的女人，她只是不願意計較。

但令他意料的是，白棠只是傻了幾秒，隨即開口答應。

這一點他幾乎無法理解白棠，他原本已經做好了長期抗戰的準備。

然後，他們立刻就在歐洲結婚了，婚禮自然是回到台灣才補辦，爲此他們也沒少挨罵。

但想起于文斐的事情，家裡長輩也不願意再多做文章。

「我有一件事情要跟大家說。」白棠忽然提起了聲音，打斷了他的思緒跟大家的閒聊。

他把目光投向如花的妻子，白棠秀麗的五官因爲微微的燭光反射，被映照的更加動人。

于亮君很慶幸自己的生命裡能有一個這麼美好的存在。

「我懷孕了。」她笑著說：「醫生說第五週了。」

他很願意，負責她未來的所有幸福。

後記

因爲自私，所以眞實

這是一個被雷打到的故事（抹臉）。

某天晚上下班之後，在走回家的路上，謝永明這人就突然闖進了我的腦子裡；走到家裡時，于文斐也出現了，於是我就火速的打出了第一回。

第一回完成後，我就決定要寫這故事，就算沒有大綱，而且是個悲劇，我就是要寫。大概就是一種全世界都無法阻止我的狀態，於是我就開始寫了。

我只能說，這種故事寫起來非常爽。就算沒有大綱，卻好像所有的情節架構都已經完成一樣，我只需要把故事打出來就可以了，所以我大概兩個月不到就完成了。

我一直想寫一個相愛相殺的故事（咦？），這個故事從某方面來說，也算是達成了我的願望。

寫完後，我在貼稿的時候就會覺得，哎，我這故事眞的寫得挺好看的啊（大笑）。其實作者就是這樣，有人誇獎的時候是一種快樂，自己喜歡自己的故事又是另外一種感覺了。

在這個故事裡面，我想討論的是關係的本質，所以才有了謝永明這麼自私的主角，但是我是很喜歡他的，因爲他有他的恐懼，才讓他特別像是個眞實的人，爲了跟他對比我才創造出了白宣譽。我們常常喜歡聰明的人，但是如果聰明的人很自私呢？謝永明的自私源自於他的恐懼，而白宣譽的自私護短，是為了保護白宣茹。所以其實我認為白宣譽是謝永明的進化型，但不得不說，謝永明這種個性，更具有男主角魅力啊，哈哈。

而李曜誠是這個故事裡最無關緊要的角色，但是我很喜歡他。因為我的生命中有很多這樣的人，雖然一時之間我也說不出他們對我的重要性，但他們隨時都願意為了我的一通電話而支持我，因為我心情低落而提供我最需要的溫暖；也因為有他們的支持，才能讓我繼續往下走。我想在我的故事裡，把這些溫暖也傳遞給大家。就算很多時候我們身處的環境乍看下不是這麼的樂觀，但如果能有這些支持，也許就能多支撐一會兒，也許就是多了這一小段，使我們等到了雨過天晴。

我很喜歡這個故事，不僅故事本身是我想寫的，也是我今年的新嘗試，包括我一直很不擅長的第一人稱，以及新的敘事方法。希望你們也會喜歡。

未來我也會維持著這種不斷嘗試新玩法（？）的習慣，所以，希望大家會喜歡嘍。

煙波寫于桐月十二日梅川家中

城邦原創 長期徵稿

題材

(1) 愛情：校園愛情、都會愛情、古代言情等，非羅曼史，八萬字以上，需完結。
(2) 奇幻/玄幻：八萬字以上，單本或系列作皆可；若是系列作，請至少完稿一集以上，並附上分集大綱。

如何投稿

電子檔格式投稿（請盡量選擇此形式投稿）

(1) 請寄至客服信箱service@popo.tw，信件標題寫明：【投稿城邦原創實體書出版／作品名稱／真實姓名】（例：投稿城邦原創實體書出版／愛情這件事／徐大仁）
(2) 稿件存成word檔，其他格式（網址連結、PDF檔、txt檔、直接貼文於信件中等）恕不受理；並請使用正確全形標點符號。
(3) 請附上真實姓名、性別、聯絡電話、email、POPO原創網會員帳號、作者簡介與出版經歷。
(4) 請加入POPO原創市集(www.popo.tw/index)申請成為作家會員，並將投稿作品公開放上該網站至少4萬字，若想全文公開也可以。

紙本投稿

(1) 投稿地址：10483台北市民生東路二段149號6樓A室
城邦原創實體出版部收
(2) 請以A4紙列印稿件，不收手寫稿件。
(3) 請附上真實姓名、性別、聯絡電話、email、POPO原創網會員帳號、作者簡介與出版經歷。
(4) 請自行留存底稿，恕不退稿。
(5) 請加入POPO原創市集(www.popo.tw/index)申請成為作家會員，並將投稿作品公開放上該網站至少4萬字，若想全文公開也可以。

審稿與回覆

(1) 收到稿件後，約需2-3個月審稿時間，請耐心等候通知。若通過審稿，編輯部將以email回覆並洽談合作事宜，如未過稿，恕不另行通知。
(2) 由於來稿眾多，若投稿未過，請恕無法一一說明原因或給予寫作建議。
(3) 若欲詢問審稿進度，請來信至投稿信箱，請勿透過電話、部落格、粉絲團詢問。

其他注意事項

(1) 請勿抄襲他人作品。
(2) 請確認投稿作品的實體與電子版權都在您的手上。
(3) 如果您的作品在敝公司的徵稿類型之外，仍然可以投稿，只是過稿機率相對較低。

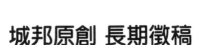

國家圖書館出版品預行編目資料

我與你的未完成／煙波著. -- 初版. -- 臺北市：城邦原創, 民 104.05
面；公分. --（戀小說；41）

ISBN 978-986-91519-4-8（平裝）

857.7 104008004

我與你的未完成

作　　者／煙波
企畫選書／楊馥蔓
責任編輯／胡湘潤

行銷業務／林政杰
總 編 輯／楊馥蔓
總 經 理／伍文翠
發 行 人／何飛鵬
法律顧問／元禾法律事務所　王子文律師
出　　版／城邦原創股份有限公司
台北市中山區民生東路二段 141 號 6 樓
電話：(02) 2509-5506　傳眞：(02) 2500-1933
E-mail：service@popo.tw
發　　行／英屬蓋曼群島商家庭傳媒股份有限公司城邦分公司
聯絡地址：台北市中山區民生東路二段 141 號 11 樓
書虫客服服務專線：(02) 25007718．(02) 25007719
24小時傳眞服務：(02) 25001990．(02) 25001991
服務時間：週一至週五09:30-12:00．13:30-17:00
郵撥帳號：19863813　戶名：書虫股份有限公司
讀者服務信箱 email：service@readingclub.com.tw
城邦讀書花園網址：www.cite.com.tw
香港發行所／城邦（香港）出版集團有限公司
地址：香港灣仔駱克道 193 號東超商業中心 1 樓
email：hkcite@biznetvigator.com
電話：(852)25086231　傳眞：(852) 25789337
馬新發行所／城邦（馬新）出版集團 Cité(M)Sdn. Bhd.
41, Jalan Radin Anum, Bandar Baru Sri Petaling,
57000 Kuala Lumpur, Malaysia.
電話：(603) 90578822　傳眞：(603) 90576622
email:cite@cite.com.my

封面設計／黃聖文
印　　刷／漾格科技股份有限公司
電腦排版／陳瑜安
經 銷 商／聯合發行股份有限公司
電話：(02)2917-8022　傳眞：(02)2911-0053

■ 2015 年（民 104）5 月初版
■ 2021 年（民 110）4 月初版 11.5 刷

Printed in Taiwan

定價／240元

ISBN　978-986-91519-4-8

POPO城邦原創 www.popo.tw
城邦讀書花園 www.cite.com.tw